KB036366

4

의매생활

미카와 고스트

일러스트 Hiten

"아사무라랑 함께 교실에서 나온
어머님이 그대로 아야세랑 합류하던데,
어떻게 된 거야?"

Keisuke Shinjo
신죠 케이스케

한순간, 알리고 싶지 않다고 생각해 버렸다.
그러나 동시에, 조금 전 아키코 씨가 기뻐하던 표정도 떠올랐다.
부정하는 것도 옳지 않은 기분이 들었다.

아사무라 유우타
Yuta Asamura

"우린 남매야.
떠벌리고 다닐 이야기도 아니지만."

말의 의미를 한순간 이해 못 했다…….
한다. 몇 명이랑? 한다고……?
어, 설마, 그런 뜻?

"저기,
말씀하시는 의미를…….”

이해되지만,
이해하고 싶지가 않은데요.

"선생님! 초면인 미성년한테
뭘 물으시는 거예요!”

Saki Ayase
아야세 사키

시부야 밤놀이

Kaho Fujinami
후지나미 카호

어느 날의 잡담 「진로에 대해서」

 진로희망조사는 『일단은 진학』 말고 다른 선택지, 별로 없지.

우리처럼 입시명문에 다니면, 특히 그렇지.

 하지만, 새삼 장래를 생각하는 기회가 되지 않니?

 장래는…… 독립해서, 제대로 먹고 살 수 있는 곳에 취직하고 싶다고 생각해요. 그다지 구체적으로는 생각 못 하고 있지만요.

 그럼 안 되지. 정신 똑바로 안 차리면 순식간에 어른이 될 거야.

그렇게 따지면 요미우리 선배가 취직이 더 가깝잖아요. 구체적으로 어디 취직할지 생각은 하고 있어요?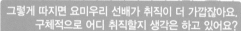

 물론이지!

 들려주실 수 있나요?

 전업주부! 아사무라 군이 받아줄 거야~.

 엇…….

네네~. 그런 건 됐으니까 성실하게 부탁드립니다.

 쳇. 재미없게. 그러면 정치가로 하지 뭐.

 하지 뭐, 라니. 간단히 될 수 있는 것도 아닌 것 같은데요…….

대단히 참고가 됐습니다. 역시 듬직한 선배를 둬서 좋네요.

 오! 포지티브한 말투지만 절묘하게 비꼬는 대사, 예술 점수 높아! 좋은걸!

요미우리 선배는 코미디언을 목표로 삼으세요.

 아하하…….

의매생활

Days with my Step Sister

4

저자
미카와 고스트

일러스트
Hiten

옮긴이
박경용

Contents

Days with my Step Sister

운명의 갈림길이라는 것은 존재하지 않는다.

언젠가 교차하고 마니까 운명이다.

●프롤로그 아사무라 유우타

여자애가, 길었던 머리를 삭 잘랐다.

연애소설이었다면 커다란 이벤트가 되는 사건이지만, 현실에서는 별반 소란을 떨며 놀랄 일도 아니다.

더워서. 귀찮아서. 기분전환 삼아서.

이유 따위 얼마든지 있다. 여성이 머리를 자르는 것에서 커다란 심경의 변화를 읽어내는 것은 좋게 말해서 무의미하고, 나쁘게 말하면 단순히 저급한 궁금증이다.

과하게 놀라지 않고, 새로운 머리스타일을 자연스럽게 받아들이면 된다.

나, 아사무라 유우타도 흔히 있는 일로서 받아들이는 것이 당연한 태도일 것이다.

여태 의붓 여동생이 있어본 적이 없고, 현실에서 들어본 것도 처음이니까 나도 확신을 가진 건 아니다. 그래서 전국의 의붓 여동생이 있는 오빠들에게 물어보고 싶긴 하다.

애당초, 마흔을 훌쩍 넘긴 아버지가 술자리에서 취해 뻗어버린 끝에 보살펴준 예쁜 여성과 설마 재혼을 할 줄은 몰랐다.

아버지가 결혼한다고 했을 때, 내 머리를 먼저 스친 것은 축복보다도 걱정이었다.

괜찮을까?

속아넘어간 건 아닐까?

친어머니와 이혼에 이른 경위를 옆에서 빠짐없이 봤던 나에게, 여성이란 기대 따위 할 수 없는 존재였다. 밤새도록 싸운다. 남편과 자식을 보는 시선이 차갑다. 종국에는 바람을 피웠다. 육아방치라고 할 정도는 아닌 것이 최소한의 구원이라는, 도무지 고마울 것 없는 환경이었다. 그렇게 자란 나는 이혼한다는 얘기를 들었을 때는 슬픔보다도 안도의 마음이 앞섰을 정도였다.

내가 잘 아는 여성은 어머니였다. 자신의 행동은 제쳐두고 아버지와 나에게 일방적인 기대만 떠넘기는 존재이며, 그것을 이룰 수 없다고 생각하더니 멋대로 실망하는 질 나쁜 존재에 지나지 않았다.

이것 때문인지 나는 언제부턴가 타인에게 전혀 기대를 하지 않게 되었다.

그래서, 동거하게 된 의붓 여동생이 이렇게 말했을 때 오히려 안심했다.

『나는 당신에게 아무것도 기대하지 않을 거니까, 당신도 나에게 아무것도 기대하지 말아줬으면 해.』

　그 말은, 나에게 무엇보다도 성실한 인간관계의 제안으로 들렸다.

　동거하는 상대에게 일방적인 요구도 안 하고, 그렇다고 필요 이상으로 사양하지도 않는다. 서로의 행동에 대한 「간격 조정」을 제안해준다.

　플랫하게 지낼 수 있다. 나에게는 참 고마운 존재다.

　아야세 사키는 그런 소녀였다.

　이러면 잘 지낼 수 있겠어— 아버지와 아키코 씨가 기대하는 사이좋은 오빠와 여동생으로서.

　나는 그렇게 생각했다.

　다만, 그녀에게는 나와 커다랗게 다른 점도 있었다.

　나는 타인이 몰고 오는 거대한 압력에 거스르는 것이 귀찮다. 저도 모르게 그런 것을 버드나무가 바람을 흘려내듯 하고 있었다. 적당히 상대의 말을 듣고, 거스르지 않는다.

　그렇지만, 아야세 양은 나와 달랐다.

　그녀는 세상의 눈이라는 것에 굴하는 걸 좋게 보지 않았다.

　그리고, 시시한 고정관념을 강요하는 녀석들을 찍어 누를만한 강한 인간이 되고자 했다.

혼자서도 살아갈 수 있는 힘을 익히기 위해서, 성적을 올리는 것에 힘을 쏟고 시험에서도 상위 순위를 유지한다. 그런 데다 예쁘단 소리를 들을 수 있는 레벨로 자신을 갈고 닦는 거라고 말했다.

『나에게 이 모습은 무장 그 자체야.』

귀에는 빛나는 피어스를 장비하고, 밝은 색 긴 머리칼을 나부끼며, 아야세 양은 싸우고 있었다.

그 모습을 눈앞에서 계속 보고, 나는 어느샌가 그녀에게 커다란 흥미와 관심을 키우고 있었다.

그리고 8월의 끝. 의붓 여동생과 공동생활을 시작한지 3개월 정도 지난 무렵.

아야세 양은 머리를 잘랐다.

그것 자체는 별 다른 의미 따위 없으리라.

여성이 머리를 자르는 것에 커다란 의미가 있는 것은, 드라마나 소설 속의 등장인물에게만 해당되는 픽션이니까.

다만, 그로부터 한 달.

여태까지와 비교해서 변화한 것이 하나 있었다.

"다녀왔어, 아야세 양."

"어서 와, 아사무라 군."

—그런 대화를 할 기회가 거의 사라졌다.

계절은 가을이 되었다.

나는 맨션의 자택 문을 열고, 작은 소리로 알바하고 돌아온 것을 고했다.

흐릿한 비상등만 비추는 복도를 조용히 걸어 거실로 들어섰다.

아무도 없다.

샐러리맨인 아버지는 먼저 잠들어 버렸고, 근무 시간이 심야인 아키코 씨는 출근했다. 아야세 양은 깨어 있을 법도 하지만, 벌써 잠들었는지 아니면 공부를 하고 있는지 대답이 없었다.

테이블 위에는 비닐 랩을 씌워둔 저녁 식사가 놓여 있었다.

"오, 햄버그."

테이블에 붙어 있는 메모지에는 「전자레인지로 데워 드세요」라고 적혀 있었다.

밥은 밥솥 안에, 된장국은 냄비 안에. 그리고 샐러드는 냉장고 안에 있다. 평소와 변함없다. 데워야 할 것을 데워 자리에 앉았다. 최근에는 나도 익숙해졌다.

"잘 먹겠습니다."

젓가락으로 햄버그를 가르자, 안에 들어 있던 치즈가 흘러나왔다.

"오오, 치즈 인 햄버그라니."

작게 감탄의 소리를 내버렸다.

아야세 양의 요리 스킬은 나날이 올라가고 있다. 햄버그라고 하면 레토르트나 패밀리 레스토랑에서 먹어본 게 다인 내가 보기에, 손으로 반죽하여 만든 치즈 인 햄버그는 그야말로 마법 같았다. 뭐, 그녀라면 평소처럼 「큰 수고 안 드니까」라고 말하겠지만.

힐끔 시선을 아야세 양의 방 문으로 돌렸다.

중간고사는 아직 멀었지만, 요즘 그녀는 내가 돌아왔을 때 언제나 공부를 하고 있는 것 같다. 함께 먹는 시간이 줄어버렸다. 서점 알바도 계속하고는 있지만, 9월부터 근무 시간이 변경되어 거기서도 만날 기회가 줄어들었다.

나를 피하고 있는 걸까?

나는 고개를 저었다.

그렇지는 않다.

마주쳤을 때는 딱히 전과 다름없이 대해주고, 애당초 고등학생이나 된 남매가 그렇게 시종 붙어 있지도 않을 거다.

따뜻해야 할 햄버그가 갑자기 차갑게 느껴졌다.

"—오빠, 라."

그날 이후, 아야세 양은 나를 그렇게만 불렀다.

●9월 3일 (목요일) 아사무라 유우타

　수업 끝난 뒤의 종례 시간. 담임이 끝마치기 직전에 프린트 한 장을 우리들에게 나눠주었다.

　"그러면, 지금 나눠준 프린트는 다음 주 목요일까지 학급위원에게 제출하도록."

　담임이 떠나고, 문이 닫힌 순간에 교실이 술렁거렸다. 평소에는 가방을 챙겨서 뿔뿔이 흩어져 교실을 나서는 반 아이들이 자리를 뜨지 않는다.

　—있잖아, 어쩔 거야? 너는 뭐라고 쓸 거야?

　그런 소리가 들린다.

　주변에 상담을 시작하는 사람, 눈앞의 프린트 용지를 노려보고 한숨을 쉬는 사람.

　제각각이지만, 다들 진지하다. 담임이 나눠준 그것은, 졸업 뒤의 진로를 묻는 것이었다.

　이번 달 하순부터 삼자면담이 시작된다. 다시 말해서 눈앞의 진로조사 용지는 그걸 위한 자료이며, 이것을 기반으로 담임과 부모와 우리가 이야기를 하는 것이다.

　"올해도, 이 계절이 오고 말았구나……."

　나는 손에 든 용지를 훌훌 흔들면서 앞자리에 앉아 있는 친구, 마루 토모카즈의 등을 향해 말했다.

"우리도 벌써 고2니까 올해는 진지함이 달라. 그런데 아사무라여. 그렇게 울적하게 말하는 걸 보니, 너도 진로를 확실하게 정하지 못하고 있다는 거냐?"

돌아본 마루가 표정을 찌푸렸다.

"너도, 라니. 어라? 마루도?"

"그 뜻밖이란 표정은 뭔데?"

"아니, 넌 분명히 야구의 길을 나아갈 거라고 생각했거든."

누가 뭐래도, 우리 학교 야구부는 그럭저럭 강하다. 그런 야구부에서 2학년인데 정포수를 맡고 있는 남자다. 코시엔에서 우승하여 프로 입단……까지는 못할지도 모르지만. 야구에 대한 마루의 자세를 보고 있으면 뭔가 관련된 길로 나아갈 거란 생각이 들었는데.

"그럴 생각인데?"

"어라?

그러면 왜 소태 씹은 표정을 짓고 있는 거야? 의문이 아닐 수 없다.

"소태라. 유감이지만 씹어본 적이 없다."

"아마 이 세상 누구도 씹어본 적이 없지 않을까?"

아니지, 관용구로 쓰일 정도니까 과거의 누군가는 씹어봤을지도 모른다.

"아사무라여. 야구부에 들어갔다고 해서 자연스럽게 야구 관련 일을 할 수 있진 않으리라는 것 정도는, 너도 알고

있지? 당연히 고민한다. 그리고 아사무라. 한 가지 오해가
있어."

"으응?"

"나는 딱히 진로에 대한 고민으로 떫은 표정을 지은 게
아냐. 월말부터 삼자면담이 시작되기 때문이지. 게다가,
그것이 2주일 가까이 이어진다. 그렇게 되면, 어떻게 된다
고 생각하지?"

"어떻게 되기는……."

나는 눈앞의 프린트에 시선을 떨구었다. 진로희망을 적
는 칸과 별개로 간단한 알림이 적혀 있었다. 그러고 보니
삼자면담 기간에는 아무래도 단축 수업을 하는 모양이었
지. 오후부터 방과 후가 되는 모양이다.

"오후 수업이 없어지고 면담 시간이 되지?"

"아사무라, 그건 부 활동 시간이 길어진다는 거다."

마루의 말을 듣고 나는 납득했다. 그리고 동시에 의외기
도 했다. 야구에 대한 모티베이션이 높은 마루라도 연습
시간이 늘어나는 건 싫은 거구나.

"싫기는. 연습을 더 많이 할 수 있는 건 환영이지."

"으으응?"

"그러나, 삼자면담을 하면 당연하지만 면담하는 부원은
참가를 안 하잖아? 부원이 빠지면 못하는 트레이닝도 생
기지. 다시 말해서, 평소보다 간단한 연습이 될 수밖에 없

어. 그러니까 평소보다 미묘하게 느슨한 분위기가 된다."

연습은 좋아하지만, 시간당 효율이 나쁜 연습은 싫어. 마루가 말을 이었다.

게임도 즐기는 마루다운 발언이었다. 뭔가 효율만 따지는 느낌이 들어버린다.

"아사무라. 게임은 효율이 다가 아냐."

"게임에 비유한 내가 잘못했다."

나는 양손을 마주 대고 비는 포즈를 취했다. 어느 분야든 전문가에게는 전문가다운 고집이 있는 법이다. 섣불리 건드려서 화상을 입는 건 본의가 아니다.

"그런데 아사무라는 역시 아버지가 오는 거냐? 아니면 올해는 어머니가?"

"어?"

나는 그 말을 듣고서야 나에게는 이미 아버지뿐 아니라 어머니가 있다는 걸 떠올렸다. 그렇군. 삼자면담에 아키코 씨가 와도 되는 거구나. 하지만…….

"작년에도 아버지가 왔으니까, 올해도 같을 거라고 생각하는데."

마루에게 그렇게 대답하며 나는 문득 아야세 양을 생각했다.

아야세 양은, 아키코 씨가 오는 걸까……?

9월로 들어서자 조금 하늘의 색이 바뀌었다.

햇살은 아직 강하지만, 여름의 새파란 하늘이 아니다. 유리를 한두 장 거친 것처럼 아주 조금 빛바랜 파란색으로 눈에 비친다.

자택 맨션 위에 펼쳐진 하늘을 올려다보면서, 나는 멍하니 그런 생각을 했다.

엘리베이터에서 내린 내 걸음이 느려졌다.

손에 든 가방을 신경 쓰게 된다. 오늘 받은 한 장의 프린트 탓이다. 진로로 고민하고 있다기보다, 아무래도 새로운 어머니를 의식하게 된다. 아버지는 은근히 방임주의라서 내 진로를 걱정하며 참견한 적이 없었다.

그렇지만, 아키코 씨는 어떨까?

집의 문을 열고 안쪽에 귀가 인사를 하면서 나는 거실로 나아갔다.

현관에 있던 신발을 보고 예상한 일이긴 하지만, 아야세 양과 아키코 씨가 테이블을 끼고 앉아 대화하고 있었다.

아키코 씨는 마침 출근하기 전인지, 화장을 마치고 나가기 직전의 모습이었다.

"어서 와, 오빠."

내가 들어온 것을 보고 고개를 든 아야세 양이 말했다.

"어— 다녀왔어, 아야세 양."

살짝 머뭇거린 것을 눈치 못 챘으면 좋겠다고 생각하면

서, 나는 대답했다.

오빠, 라고 불리게 된 지 1개월이 지났다. 그렇지만, 나는 「사키」라고 부를 생각이 안 들었다.

"무슨 얘기하고…… 아아."

"오빠도 받았지? 진로조사."

테이블 위에 그야말로 삼자면담을 위한 프린트가 놓여 있었다. 두 사람은 아무래도 며칠에 올 수 있는지 확인하고 있었나 보다.

"마침 잘 됐다."

아키코 씨가 나를 보고 말했다.

"뭐가요?"

"유우타의 삼자면담을 어떻게 할지, 타이치 씨랑 상담하고 있거든."

"제 상담이요?"

"그래. 사실은……. 타이치 씨가, 요즘 많이 바빠."

듣자니 회사에서 중요한 프로젝트를 맡은 탓에, 반차(반일 휴가)를 낼 수 있는 날을 찾는 것도 꽤 어려운 상황이라고 한다. 몰랐다. 아버지는 집에서 회사 얘기를 잘 안 하니까.

그래도 어떻게든 시간을 만들기 위해 다른 날에 무리를 하려고 하는 모양이다. 반차도 못 낼 상황인데 더욱 일을 압축하려는 모양이다.

최근에 묘하게 지친 기색이라고 생각은 했지만…….

보다 못한 아키코 씨가 내 삼자면담도 가겠다고 제안을 한 것이다.

그야말로 마루가 했던 말이 실현될 법한 상황이었다. 그 녀석, 혹시 예지능력자 같은 거 아닐까? 이상한 생각을 하게 되네.

농담은 그만 하고.

그러나 아키코 씨가 삼자면담에 오게 되면 한 가지 문제가 있었다.

"너희들, 학교에서는 남매라고 말 안 했지? 타이치 씨가 둘한테 부담을 주기 싫다고 해. 그건 나도 같은 생각이야."

학교에서 괜한 소리를 피하기 위해서, 나랑 아야세 양은 남매관계를 숨기고 있었다. 이름도 졸업까지는 쓰던 성을 계속 쓰기로 조정을 했다.

그러나 아야세 양의 어머니와 내 어머니가 같다는 것이 만에 하나라도 다른 학생에게 알려지게 되면, 두 사람의 남매 관계가 들통나 버린다. 삼자면담 시간대에 교실 주변에 남아 있는 학생은 많지 않으니까 그렇게까지 신경 쓰지 않아도 된다고 생각하는데, 아키코 씨는 신경이 쓰이는 모양이다.

"그랬었나요……."

"그래서 생각했어. 사키랑 유우타가 삼자면담 일정을 다른 날로 잡으면 되지 않을까?"

""어?!""

나랑 아야세 양이 동시에 놀랐다.

일정을 따로 잡는다면—.

"혹시, 일부러 두 번이나 학교에 올 셈인가요?"

"그러면 같은 날에 하는 것보다 안심이잖아?"

아키코 씨가 말하고 「어떠니?」 하고 나에게 동의를 구했다.

"하지만, 괜찮은 건가요?"

"어?"

"그게…… 아버지만 바쁜 게 아니잖아요. 바에서 일하는 건 밤이기도 하고, 애당초 낮에 학교까지 오는 것만 해도 힘들지 않아요……?"

아키코 씨는 저녁부터 심야까지 일을 한다.

가게의 정리나 이튿날의 요리 준비까지 마치고 집으로 돌아오니까 귀가는 언제나 아침이고, 낮에는 대개 자고 있다. 휴일은 그래도 가족의 시간에 맞추고 있지만 기본적으로 아키코 씨는 야간형이다.

지정된 시간에 맞춰 낮에 학교까지 오는 것만 해도 힘들 것 같다.

그런데 일부러 아야세 양뿐 아니라 내 면담까지 오게 된다면, 수고가 두 배로 늘어나는 걸로는 끝나지 않을 거야.

휴일도 하루 더 잡아야 할 것이다.

그러나 아키코 씨는 그런 내 염려에 대해 생긋 웃으면서 밝게 말했다.

"괜찮아~."

"아니 그래도."

"앗─ 미안, 유우타. 나 이제 나가야 돼."

벽에 걸려 있는 시계를 봤는지, 아키코 씨가 급하게 일어섰다. 테이블에 놓아둔 숄더백을 잡고 현관으로 달렸다.

나는 서둘러서 뒤를 따랐다.

힐이 높은 구두에 발을 집어넣고, 굽을 한 번 딱하고 가볍게 내려서 신었다. 아키코 씨는 현관 손잡이를 돌리면서 고개를 내 쪽으로 돌렸다.

"이 얘기는 나중에 다시 하자. 그때까지 생각해봐."

"앗, 네……."

"다녀올게요!"

힘차게 말하고, 아키코 씨는 「지각하겠어!」 하면서 힐을 신고 달려갔다.

"저렇게 달려도 괜찮을까?"

"내 말이. 안 넘어지면 좋을 텐데."

"어라? 아야세 양도?"

돌아보자, 아야세 양이 어깨에 스포츠백을 메고 서 있었다.

"이제 알바 시간이니까."

"그래. ……다녀와."

"응. 다녀올게, 오빠."

내 코앞을 아야세 양의 옆모습이 스쳐 지나갔다. 뒷머리가 살짝 흔들렸다.

문이 닫히는 소리가 울렸다.

오늘은 내가 쉬는 날이다. 여름 방학의 알바 생활을 하면서 그렇게 아야세 양과 함께 보낸 나날이 지금은 멀게 느껴진다.

가방을 내 방에 던져 놓고 나는 거실 자리에 앉았다. 무의식중에 한숨을 쉬는 스스로도 놀라 버렸다. 뭐야. 난 대체 뭐에 이렇게까지 실망하는 거지?

그래도, 나는 동시에 안도하고 있었다.

오빠.

그렇게 불릴 때마다, 아야세 양과 같은 공간에 있는 걸 갑갑하게 느껴 버린다.

그 마음을 뭐라고 불러야 할지. 나는 이미 깨달아버렸지만.

"어디…… 뭐가 남아 있나."

밤이 됐다. 나는 완전히 뿌리를 내리고 있던 엉덩이를 들어 냉장고를 열었다.

야채실에 야채는 있지만, 고기나 생선은 없다.

아차. 장을 보는 게 먼저였군.

9월에 들어서부터 나와 아야세 양의 알바 시간도 섞이지 않게 되고, 그에 따라 우리 집의 취사 분담도 변경됐다. 알바에서 돌아와 지쳐 있는 아야세 양에게 요리를 계속 부탁할 정도로 나는 기둥서방 체질이 아니다.

그래서 내가 알바일 때는 아야세 양이, 아야세 양이 알바일 때는 내가 저녁을 만들게 됐다.

띠링. 맥 빠지는 가벼운 소리가 들렸다. 테이블에 둔 휴대전화로 시선을 돌렸다. 메신저의 알림이다. 사라지기 직전에 미리보기의 한 줄이 눈에 들어왔다. 아버지였다. 늦어질 것 같아 저녁 먹고 돌아온다, 라.

정말로 바쁜 모양이네…….

뭐, 그러면 지금부터 나는 두 사람이 먹을 저녁만 만들면 된다.

밥은 낮에 아키코 씨가 지어둔 것이 밥솥에 보온 상태로 남아 있다. 그러니까 반찬만 만들면 된다.

"그러면…… 일단, 된장국이군."

가장 수고와 시간이 드는 것부터 시작하는 게 효율적이다.

아야세 양이 된장국을 육수로 끓이는 주의니까, 나도 흉내를 낸다. 냄비에 물을 담고, 손바닥 사이즈로 자른 다시마를 가라앉힌다. 이걸 30분 방치.

그 동안 뭘 만들지 정하자.

다시 냉장고를 들여다보았다.

"달걀……밖에 없나. 그러면."

머릿속에 갖가지 달걀 요리가 떠오른다. 떠오르기만 하고 못 만들지만.

기술이 부족하거든. 내가 만들 수 있는 달걀 요리라면―.

"달걀 프라이?"

아니면 삶은 달걀.

뭐, 됐어. 달걀 프라이를 하자.

달걀 2개를 냉장고에서 꺼내 그릇 위에 두었다. 테이블 위에 그대로 뒀다가 굴러가 깨져버린 이후로 평평한 장소에 달걀을 두는 것의 위험성은 이미 학습했다.

덤으로 야채를 꺼내 한 입 사이즈로 자르고, 전자레인지 대응 내열 케이스에 넣어 물을 붓고 랩을 씌웠다.

이걸 3분 정도 가열하면서 살핀다. 부족하면 시간을 추가하면 된다.

딱딱하면 먹기 힘든 당근을 젓가락으로 찔러 살폈다. 끝부분이 저항 없이 푹 들어가면 OK다.

커다란 그릇을 꺼내 옮겨 담았다. 나누는 건 나중에 할 수 있다. 드레싱도 먹을 때 뿌리면 충분해.

그러면, 된장국으로 돌아가자. 인덕션의 스위치를 켜고 가열을 시작했다.

얼굴이 가려질 정도로 커다란 팩에서 가다랑어포 한 줌을 쥐어 끓기 직전까지 다시마가 들어 있던 냄비에 뿌렸다.

이걸로 육수가 우러난다.

육수가 우러나는 사이에 할 일을……

"아……. 건더기를 아무것도 준비 안 했네."

순서를 하나 실수했다.

그러나, 이런 경우의 대처법도 나는 이미 익히고 있었다.

냉장고 아래쪽 냉동실에서 꺼낸 것은—.

냉동 다진 파~!

어느 애니메이션의 파란 로봇 같은 목소리가 뇌리를 스쳤다. 혼자 살면 혼잣말이 많아진다고 하는데…… 아직 머릿속으로 재생하니까 괜찮아. 그러고 보니 아야세 양은 고등학교를 졸업하면 혼자 살 거라고 했었던 것 같은데, 그러면 어떤 혼잣말을 하게 되는 걸까?

아야세 양이 만들어둔, 이미 잘게 썰어서 냉동시켜둔 파를 밀폐용기에서 꺼냈다. 두부도 유부도 없지만 심플 이즈 베스트로 가자.

"이제 다 됐나."

육수가 우러난 냄비의 알맹이를 철망 국자로 건져냈다. 이걸로 육수 완성.

파를 넣고, 한 번 끓인다. 그리고 약불로 낮춘 뒤에 된장을 넣는다. 된장을 넣은 다음에는 끓지 않도록 조심한다.

스위치를 끄고, 된장국은 이걸로 됐어.

마지막으로 달걀 프라이다.

프라이팬을 다루다 보니, 어느새 이마에 땀이 나고 있었다.

이제 막 9월이 시작된 참이라 아직 기온이 높다. 불을 쓰고 있으면 더워지는군. 에어컨을 약간 강하게 틀었다.

두 사람 분량의 달걀 프라이 완성. 오늘은 잘 됐다. 누가 뭐래도 마지막까지 노른자가 안 터졌다.

아야세 양 분량의 달걀 프라이에는 랩을 씌워두자.

찐 야채 샐러드도 똑같이 해두고…….

이제 곧 돌아올 테니까 기다려도 되겠지만, 지금은 아야세 양과 가능한 얼굴을 마주치고 싶지 않았다. 거리를 두는 편이 좋아. 그러면 나의 이 감정도, 다소는 진정될 거다.

아니 잠깐만. 메모지에 뭐라고 적어야 할까 생각하며 펜을 든 참에, 나는 생각을 고쳤다. 사실 요리를 하면서도 계속 생각하고 있었다.

삼자면담.

아버지가 바쁘다는 걸 깨닫지 못한 것은 한심할 따름이지만, 나랑 아야세 양이 학교에서 편히 지낼 수 있도록 아키코 씨가 혼자 부담을 짊어지는 건 좀 그렇지 않을까?

물론 이건 나 혼자서 정할 수 있는 일이 아니다. 아야세 양이랑 상담을 해야지.

나는 평소처럼 방에 틀어박히는 걸 관두고 그녀가 돌아오는 걸 기다리기로 했다.

휴대전화를 바라보고 있으면 시간을 무한히 때울 수 있다는 게 좋은 일인지 아닌지 모르겠다.

읽지 못하고 있던 전자서적을 소화하고 있는데, 두 권째로 들어간 참에 현관문이 열리는 소리가 났다.

　작은 「다녀왔습니다」의 목소리. 아야세 양이다. 나랑 아버지가 자고 있을 가능성을 생각하여 목소리 볼륨을 낮춘 거겠지. 뭐 아버지는 잔업 탓에 아직 안 돌아왔지만.

　거실에 들어온 아야세 양이 놀란 표정을 지었다.

　"아직, 안 먹었어?"

　"어, 아직이야. 아야세 양도 이제부터 먹을 거지? 있잖아. 저녁, 오랜만에 같이 안 먹을래?"

　아야세 양이 수긍했다.

　"마침 잘 됐다. 사실 상담하고 싶은 일이 있었어. 있잖아……."

　나랑 아야세 양은 조금 말을 머뭇거린 다음, 둘이 동시에 입을 열었다.

　""삼자면담 말인데.""

　둘이 동시에 말하고, 무심코 시선을 마주치고 말았다. 너무나 타이밍이 좋아서 서로 웃음이 나왔다.

　뭐야. 아야세 양도 역시 신경 쓰고 있었구나.

　"먹으면서 얘기하자."

　"알았어. 짐 놓고 올게."

　아야세 양이 옷을 갈아입는 사이에, 나는 된장국과 달걀

프라이를 데우고 식사 준비를 마쳤다.

둘 다 식탁에 앉아 「잘 먹겠습니다」를 말한 뒤 젓가락을 집었다.

사실 요리를 만들게 된 뒤부터, 이 순간이 제일 긴장된다. 신경 쓰여서 상대가 한 입 먹을 때까지 가만히 바라보게 된다.

"응. 맛있어."

달걀 프라이를 먹으면서 아야세 양이 말했다.

"그래. 다행이야."

"예쁘게 잘 됐어. 실력이 늘었네. 이것만 반숙인 거, 날 위해서야?"

"완숙이면 먹기 어려워 보여서."

아야세 양과 아키코 씨가 달걀 프라이에 소금후추를 뿌려 먹는 사람이고, 나랑 아버지는 간장파였다.

취향의 차이를 알게 된 이후로 간은 개개인에게 맡기고 있어서, 테이블 중앙에는 마치 패밀리 레스토랑처럼 조미료 통이 놓여 있었다. 그래서 달걀 프라이를 만들 때 소금이나 후추를 뿌리지는 않게 됐다.

그걸로 간에 대한 문제는 해결이 됐지만, 음식 취향이라는 건 사실 더 세세하다.

얼마간 관찰을 해봤는데, 아야세 양은 달걀 프라이 노른자 반숙을 좋아한다는 걸 깨달았다. 완숙이면 먹을 때 된장국이든 수프든 동시에 먹는다.

그래서 깨달았다. 나랑 아버지는 간장을 뿌리니까 퍼석퍼석한 노른자라도 먹을 수 있지만, 소금후추를 뿌릴 때는 완숙 노른자를 먹으면 입안의 수분을 전부 빼앗긴다.

"정말로 잘 보고 있네……."

"그 관찰력을 냉장고 안에 응용 못하는 게 한심해서 할 말이 없어. 아무것도 없다는 걸 깨달았으면 돌아올 때 슈퍼에 들렀는데. 일단은 파를 뿌려봤지."

"아, 말을 안 했었네."

"아니, 확인을 안 한 내 잘못이지. 오늘은 아야세 양이 알바 가는 걸 알고 있었는데."

"하지만 내가."

"아니, 내가— 아……."

얼굴을 마주보며 서로 쓴웃음을 지었다.

"뭐, 그래서 삼자면담 말인데."

내가 본론을 꺼냈다.

"우리가 남매라는 게 알려지면 이래저래 귀찮아— 라는 건 우리들 사정에 지나지 않아."

아야세 양이 고개를 끄덕였다.

"그러니까, 아키코 씨한테 부담을 주면 안 된다고 생각해. 아키코 씨의 시간을 이틀이나 빼앗는 건 미안하거든."

"나도, 제멋대로라고 생각했어."

"나로서는 아야세 양이랑 남매라는 게 알려져도 문제가 없어. 하지만, 이건 나 혼자만의 문제가 아니니까."

또 아야세 양이 고개를 끄덕였다.

"그러니까 아야세 양이랑 확실하게 상담하고 싶었어."

"나도 그래. 나만 납득하면 되는 게 아니니까. 하지만, 나는 엄마가 과로해서 몸이 망가질 뻔했던 걸 알고 있어."

그런 일이 있었군…….

"그러면 더욱 그렇네. 나도 아버지나 아키코 씨가 무리하는 건 싫거든."

"응. 그러면 결정됐네."

아야세 양이 말하고, 이번엔 내가 수긍했다. 역시 우리들 두 사람의 사고방식은 어쩐지 닮았어. 그걸 새삼 느꼈다.

"아버지가 바빠서 못 오고 아키코 씨가 올 거라면, 우리들의 삼자면담을 같은 날로 맞추자. 그러면 아키코 씨가 한 번만 학교에 오면 되니까."

"찬성. 그리고—."

아야세 양이 속삭이듯 말했다.

"—힘들 거라는 것 말고도. 다른 의미에서도, 엄마가 나랑 오빠 두 사람의 삼자면담에 왔으면 좋겠어."

그 목소리는 작아서 나에게 들려주고 싶었는지, 아니면 무심코 입에서 흘러 나와 버린 건지 알 수가 없었다.

"그럼, 내가 엄마한테 말해둘게."

"나도 같이 있는 편이 좋으면 언제든지 말해줘."

"알았어."

이야기가 끝날 무렵 우리는 저녁 식사도 마치고 있었다.

아야세 양이 식기를 집어 일어서려 하기에, 내가 급하게 말렸다.

"알바 다녀와서 지쳤을 테니까 내가 할게."

"그러면 둘이서 하자."

아야세 양이 미소를 지으면서 말했다.

싱크대에 둘이 나란히 서서 설거지를 하는 것도 꽤 오랜만인 것 같다.

별 거 아닌 대화를 하면서 두 사람 분량의 식기를 씻는다. 양이 적으니까 세척기를 쓸 것도 없고, 나는 어쩐지 그러고 싶은 기분이었다. 어쩌면, 그녀도?

학교에서 있었던 일이나, 최근에 읽은 책 이야기, 인터넷에서 발견한 동영상을 서로에게 가르쳐 주다 보니 순식간에 설거지가 끝나 버렸다.

아야세 양은 마지막 그릇을 꼼꼼하게 씻고서, 얼른 자기 방에 틀어박혀 버렸다. 찰나의 시간, 작은 스푼 한 술 정도의 행복한 시간.

"하지만, 이거면 돼."

세상에는 사소한 일로 사이가 틀어져 버린 남매도, 소원해져 버린 남매도 있을 테니까.

둘이서 가사를 함께 할 수 있는 것만 해도 기쁜 일이 틀림없다. 그걸로 만족해야 한다. 나는 억지로 스스로 되뇌었다.

자식이 있는 사람들끼리 결혼하기로 정했을 때 우리들의 사정을 생각하기도 했으리라. 다감한 고교생 남녀가 갑자기 동거를 하게 되면 싫어하지 않을까, 처럼 말이다.

아버지와 아키코 씨는 우리들이 사이좋게 지내기를 바랄 거야.

그 바람을 배신하고 싶지 않았다. 그래서 나는 이 마음을 억눌러야 한다…… 뚜껑을 덮이 닫아야 한다.

아야세 양은 여동생— 의붓 여동생이니까.

●9월 3일 (목요일) 아야세 사키

방과 후를 알리는 종이 울렸다.

나는 가방을 챙겨 교실을 나서려고 했다.

"사키!"

나를 부르는 목소리에 발길을 멈추었다. 멈추기만 하고 돌아보지 않은 채 한숨.

돌아보지 않아도 목소리 주인은 안다. 돌아보면 붙잡힌다는 것도 알고 있었다.

알고는 있지만……. 휴, 어쩔 수 없네.

"뭔데?"

"정말! 무시는 너무 하잖아!"

"무시 안 했어. 멈췄잖아. 그래서, 용건은?"

"오오, 성급하네~. 당황하지 마세요. 요즘 젊은이들은 이렇다니까. 너무 삶을 급하게 산다니깐, 정말~."

저만치서 팔짱을 끼고 걸어오며, 그렇게 말하는 마아야도 현대를 살아가는 여고생이라고 생각하는데.

마아야— 나라사카 마아야는 나에게 거의 유일한 친구였다.

나는 거창하게 한숨을 쉬었다.

"하아. 그래서, 뭔데?"

마아야 뒤에 몇 명의 반 아이들이 따라온다. 흥미가 없는 반 아이들 얼굴과 이름 따위 일일이 기억하지 않는 나라도 몇 명인가는 구분이 되었다. 여름 방학에 함께 워터파크에 갔던 사람들이었다.

마아야까지 넣어 그들은 남녀 합쳐서 일곱 명 정도, 그중 남자애 한 명이 입을 열었다.

"이제부터 다 같이 노래방 갈 건데, 어때?"

이 사람, 누구였더라?

마아야에게 시선을 돌리자, 그녀는 손에 들고 있던 길쭉한 티켓 같은 것을 훌훌 흔들었다.

"할인권 생겼거든~."

그렇구나.

"그게……."

"노래방은 취향에 안 맞아?"

예전의 나라면 「그렇네」 하고 내쳤을 것 같다.

그렇지만…….

마아야 뒤에 있는 사람들의 얼굴을 보자, 다들 불안한 표정을 짓고 있었다. 동시에 조금 기대감도 품고 있는 것 같았다.

"불러줘서 고마워. 하지만 오늘은 집에 용건이 있어서 서둘러 돌아가야 하니까, 미안해."

설마 내가 이런 인사치레를 말하다니, 스스로도 놀랐다.

게다가 미소를 더해서.

그래도, 그 여름날의 즐거운 추억을 부수고 싶지는 않았다. 나는 딱히 미움을 받고 싶은 것도, 남을 불쾌하게 만들고 싶은 것도 아니니까.

"그럼 갈게."

살짝 고개를 숙이고, 가방을 들고 교실을 나섰다.

등 뒤에서 같은 반 애들이 의문스러워하는 소리가 들렸다. 「왜 저렇게 서두르는 걸까?」, 「신죠, 아쉽겠네」라는 소리도. 아아, 그렇지. 신죠다. 분명히 그런 이름이었어. 이름까지는 기억 못했었지만.

발 빠르게 복도를 나아가, 신발장에서 신발을 갈아 신었다. 오늘은 서둘러서 돌아가야 한다.

—엄마가 출근하기 전에.

시부야의 대로는 평일 오후 4시대에도 혼잡하다.

학교를 뛰쳐나와 서둘러 집에 가는 나를, 보도에 가득 퍼져 걸어가는 사람들이 방해한다.

스트레스지만, 어쩔 수 없다. 그리고 시부야의 중심가를 달려서 통과하는 것이 불가능한 건 알고 있었다. 엄마가 계속 이곳에서 일했으니까, 나로서는 이 거리가 앞마당 같은 곳이다.

대로에서 빠져나가 주택가의 좁은 길로 들어선다. 거기에 들어가야 비로소 살짝 달리는 속도로 걸을 수 있게 됐다.

모퉁이를 돌자, 불쑥 서 있는 자택 맨션이 보였다.

그래. 이제 저기가 우리들— 나랑 엄마의 자택이야.

"어쩐지, 신기해."

5월까지는 다른 길을 걸었다.

6월이 시작될 무렵에 저 맨션으로 엄마랑 같이 이사를 했다. 그래서 지금 걷고 있는 이 통학로도 4개월 정도밖에 안 걸었다. 고작해야 4개월. 아직 골목길도 다 기억 못 했고, 중간에 들를 수 있는 가게도 파악을 못 했다.

그런데도, 내 주변은 대단히 변화해 버렸다. 맨션 근처의 이 익숙한 풍경과 비슷할 정도로.

옛날에는 뭐든지 더 심플했던 것 같다.

나는 나를 둘러싼 환경에 대해서 상당히 절망하고 있었던 것 같다. 그래서 그 상황을 바꾸고자 했다. 번화가의 술을 파는 가게에서 일하며 자신을 키워준 어머니를 존경하고 있어서, 어머니를 비난하는 자들의 시선을 바꾸기 위해 필사적이었다.

어머니에게 쏟아지는 주변의 시선이 어떤 것인지는 사무치도록 느끼고 있었고, 그것을 떨쳐내기 위해서는 공부만 잘 해선 안 된다는 것도 이해하고 있었다.

맨션 1층의 입구를 통과한다. 비밀번호를 입력해서 자동문을 열고, 관리인실 앞을 지나 엘리베이터를 탔다.

아아, 우편함 살피는 걸 잊었어. 뭐, 나중에 보면 되지.

3층에 도착. 이제 조금이다. 서두른 탓에 숨이 차고, 땀이 흘러서 몸이 찝찝하다. 교복 소매가 팔에 달라붙는 감촉이 최악이야. 알바 가기 전에 샤워를 할 시간이 있을까? 그런 생각을 하면서 문에 열쇠를 넣고 돌렸다.

"다녀왔습니다."

소리를 내고서 깨달았다. 아직 어머니의 외출용 구두가 있었다.

거실에 들어서자, 화장까지 하고 출근 준비를 마친 엄마가 있었다.

"어서 와."

"아직, 괜찮아?"

"그래. 미리 연락을 해뒀으니까 그렇게 안 서둘러도 괜찮아."

"뭐야아……."

말하면서 의자에 풀썩 앉았다. 엄한 늦더위의 햇살을 맞으면서 빠르게 달려온 피로가 확 솟았다. 하아아아아. 안 늦었다아아아.

그렇다. 내가 서둘러서 돌아오려고 한 것은, 엄마가 중요한 이야기를 하고 싶다고 했기 때문이다.

삼자면담에 대해서.

삼자면담의 진로조사 프린트를 받은 것이 오전 중이라,

나는 곧장 엄마에게 내용을 LINE으로 보냈다. 바쁜 엄마의 스케줄 조정을 위해서다. 그 다음에 쉬는 시간을 이용해 엄마랑 메시지를 주고받아서 그걸로 끝이라고 생각했는데, 마지막에 「중요한 얘기가 있어」라는 말을 들어버렸다.

조금 초조해졌다. 그래서 서둘러 돌아왔는데, 눈앞의 엄마는 여전히 태평한 표정을 짓고 있었다. 그걸 보니 그렇게까지 심각한 이야기도 아닌 걸까?

"무리하게 직접 얘기 안 해도, LINE으로 하면 되잖아."

"엄마는 옛날 사람이니까. 문자만으로는 미묘한 뉘앙스가 전해지지 않을 것 같아서 불안하단 말이야~."

"아, 응……. 그런, 거야?"

대충은 알겠다.

분명히 엄마는 그런 부분이 있다. 아마도, 바텐더로서 평판이 좋은 것은 직접 만나 이야기하는 게 특기란 것이다. 그래서 우리들 SNS 세대랑 비교해서 문자만으로 얘기해버리는 것에 불안이 있는 걸지도 몰라.

"알았어. 이야기 들을게. 하지만 잠깐만."

나는 내 방에 뛰어들어가 침대에 가방을 던져놓고, 대신 알바에 가져갈 스포츠백을 들고 거실로 돌아갔다.

"준비됐어. 중요한 이야기 뭔데?"

"그게 말이지……."

보기 드물게 엄마가 말을 머뭇거렸다. 조금 말하기 어려워 보이네.

"유우타하고는 학교에서 어떠니?"

심장이 두근거렸다.

"어떻, 다니⋯⋯?"

"너, 요즘 집에서 유우타를 『오빠』라고 부르고 있잖아?"

"그렇지."

"학교에서는 어떤가 해서."

어⋯⋯.

심장의 고동이 더 격렬해졌지만, 얼굴에 드러내지 않는 건 자신이 있었다. 나는 포커페이스가 특기다.

"그건— 그야 뭐, 반도 다르니까."

그래서 애당초 마주치지 않는다.

다만 주변에 이상한 소문이 나면 서로 귀찮으니, 설령 학교에서 만나도 「오빠」라고 부르지 않을지도 모른다⋯⋯. 그건 실제로 만나봐야 알 수 있다.

그런 식으로 말했다.

거짓말도 들어 있다.

바로 옆 반이니까, 체육 수업에서는 여자들끼리 남자들끼리 묶어서 함께 진행한다. 수업 시간이 같다는 건 동시에 교정이나 체육관을 쓰는 일도 있다는 것이니까, 조심하지 않으면 딱 마주쳐 버리는 일도 있을 수 있다.

사실, 있었다. 절대로, 마주치는 일이 없도록 피했지만.

"그래서, 딱히 아무것도 달라진 건 없어."

"달라진 게 없다면, 둘이 오빠랑 여동생이라고, 아직 학교에서는 다들 모른다는 거지?"

"그럴 거야. 딱히 말하고 다니지 않으니까."

마아야만 알고 있다.

"그럼, 난처하려나."

"난처하다니? 내 삼자면담 얘기 아니었어?"

"그게 있지. 사실 타이치 씨가, 지금 많이 바빠서."

"그렇구나."

엄마 이야기를 들어보니, 삼자면담에 오기 위해 새아버지는 무리를 해야 한다고 했다.

무리시키는 건 싫다. 그래서 엄마가 두 명의 면담에 다 오려고 한다. 그렇게 되면 나랑 아사무라 군의 면담을 같은 날에 해버리는 게 휴가를 하루만 내면 되니까 좋다.

"우리 가게는 작은 바니까. 그렇게 며칠씩 쉬고 싶지는 않거든."

엄마가 일하는 곳은 직원이 점장과 엄마, 그리고 별로 출근 안 하는 점원 한 명밖에 없다. 그래서 되도록 가게를 비우고 싶지 않다는 거였다.

"그렇지만, 같은 날에 하게 되면 다른 애들한테 들켜버리잖아. 그럼 난처하지?"

들켜 버린다…… . 내가 아사무라 군의 의붓 여동생이라고, 모두에게.

그건…… 하지만.

정말로 「난처한」 일일까? 왜냐면, 나랑 아사무라 군은 오빠랑 여동생이니까.

오빠랑 여동생이어야 하니까.

"이건 뭐 딱히 아무래도 좋은 거지만 말이야."

"응?"

숙이고 있던 고개를 무심코 들어서 엄마 얼굴을 보고 말았다.

"다만, 어머니로서 인정받지 못하는 것 같아서. 조금 쓸쓸해."

아, 하고 마음속으로 소리를 내버렸다.

그렇구나. 그런 거였어. 나랑 아사무라 군의 어머니가 같은 사람이라고 들키는 걸 우리가 싫어한다는 건…….

어째서 나는 내 사정만 생각한 걸까?

조금 난처하게 눈썹을 내린 엄마가 미소를 지었다. 결코 괴로워 보이는 표정은 아니었지만……. 엄마는 아사무라 군에게 「좋은 어머니」가 되려고 노력하고 있다.

나는, 거기에 책임을 느끼는 게 싫었다. 그러면―

「엄마, 나」 하고 말을 꺼내려다가, 목소리가 목 안쪽에서 멈추었다.

문이 열리는 소리가 나고, 아사무라 군의 목소리가 들렸다.

거실 문이 열렸다.

아사무라 군이 들어와서, 내 목은 기계적인 목소리를 발생시켰다.

"어서 와, 오빠."

"다녀왔어, 아야세 양."

조금 틈을 두고서 아사무라 군이 평소처럼 「아야세 양」이라고 했다. 아사무라 군은 아직 나를 부르는 방식이 바뀌지 않았다. 하긴 오빠를 「오빠」라고 부르는 일은 있어도, 여동생을 「여동생」이라고 부르는 사람은 본 적이 없으니까 딱히 신기할 건 없지만.

하지만 「아야세」는 아사무라 군에게 있어 타인의 이름이다.

"무슨 얘기하고……?"

아사무라 군이 엄마랑 내 얼굴을 교대로 보면서 테이블 위의 프린트를 깨달았다.

"아아."

"오빠도 받았지? 진로조사."

"마침 잘됐다."

엄마가 아사무라 군을 보고 말했다.

"뭐가요?"

"유유타 군의 삼자면담을 어떻게 할지, 타이치 씨랑 상담하고 있거든."

그리고, 엄마는 아사무라 군에게 나한테 말한 것과 같은 이야기를 반복했다. 엄마가 어떻게 그를 설득할 건가 생각하며, 나는 끼어들지 않고 들었다.

그러나, 엄마가 아사무라 군에게 한 말은—.

"그래서, 생각했어. 사키랑 유우타가 삼자면담 일정을 다른 날로 잡으면 되지 않을까?"

""어?!""

무심코 소리를 내버렸다.

자연스럽게, 마치 처음부터 그렇게 생각한 것처럼 엄마가 말했지만.

하지만, 그러면 엄마가, 힘들잖아?

내가 느낀 그 마음을, 아사무라 군도 느낀 것 같았다.

"그게…… 아버지만 바쁜 게 아니잖아요. 바에서 일하는 건 밤이기도 하고, 애당초 낮에 학교까지 오는 것만 해도 힘들지 않아요……?"

그래, 그거야. 아사무라 군 말이 맞다.

그런데 엄마는 밝게 괜찮다고 말하며 웃었다. 그리고 시간이 됐다고 백을 들더니 출근해 버렸다.

"저렇게 달려도 괜찮을까?"

"내 말이. 안 넘어지면 좋을 텐데."

어쩌지?

어째서 엄마가 처음 나에게 말한 것처럼 같은 날로 하고 싶다고 말을 안 했을까?

혼란스러웠다.

지금, 여기에 있으면 안 돼. 혼란에 빠진 채, 아사무라 군을 의지해 버린다. 포커페이스를 유지 못하게 될 것 같았다.

나는 얼른 스포츠백을 챙겼다.

"어라? 아야세 양도?"

아사무라 군이 나를 돌아보고 말했다.

"이제, 알바 시간이니까."

"그래. ……다녀와."

"응. 다녀올게, 오빠."

내 대답은 이제 자동적으로 나온다. 습관처럼 계속 부른 덕분에, 의식하지 않아도 자연스럽게 말이 목을 통과한다.

그렇지만 머릿속에서는 엄마의 얼굴이 떠올라서 떨쳐낼 수가 없다. 아사무라 군이 돌아올 때까지 쓸쓸해 보이는 표정을 짓고 있었는데, 엄마는 그런 낌새를 전혀 티 내지 않았다.

포커페이스가 특기니까.

엄마는, 아사무라 군이 신경 쓰지 않도록 하려는 걸 거야. 남매라고 들키는 걸 싫어하는 분위기를 우리가 모르는 사이에 내고 있었던 거겠지. 그래서 삼자면담을 같은 날에 하는 걸 포기했다. 이게 아마 정답일 거야.

알바하는 서점에 도착하여 작업을 하면서도, 나는 계속

생각했다.

어떻게 하면 좋을까? 어떡하는 게 정답일까?

"저기, 점원 아가씨."

책장 정리를 하고 있는데 부르는 소리가 들려 돌아보았다. 유모차를 밀고 있는 한 여성이 육아잡지를 안고 있었다.

"네. 무슨 일이신가요?"

"이 잡지, 지난달 호 남은 게 없을까요? 깜빡 잊고 못 사서요."

월간지는 다음 호가 들어오기 전에 재고를 반품한다.

"유감이지만 없을 것 같은데요……. 저기, 주문해드릴까요?"

발매 직후인 지금이라면 총판, 아니면 출판사에 남아 있지 않을까? 나는 확신이 없으면서도 대답했다.

"아뇨. 괜찮아요. 조금 읽고 싶은 기사가 있었지만. 고마워요, 아가씨."

"아, 아뇨."

"그럼, 이걸 사갈게요."

그렇게 말하고 이번 달 호를 안은 채 계산대로 가려고 했다. 반사적으로 「들어드릴게요」 하고 잡지를 받아 계산대로 유도했다. 유모차를 밀면서 커다란 잡지를 안고 있는 게 힘들어 보였으니까.

계산대에서 정산을 마치자, 그 사람은 나를 돌아보고 인사를 한 다음 가게를 나섰다. 나는 다시 하던 일을 시작했다.

생각하고 있던 걸 정리했다. 그리고 나는 마음을 굳혔다. 역시 이대로 엄마가 쓸쓸한 마음을 품고 있는 게 싫다.

돌아가면 아사무라 군이랑 대화를 해야지.

그렇게 결심하자, 어쩐지 얹혀 있던 뭔가가 내려간 기분이 들었다. 그에 대한 애매한 감정을 정리하기 위해 최근엔 되도록 거리를 두고 있었으니까, 차분하게 대화하는 것도 오랜만으로 느껴진다.

알바가 끝나고 귀가. 문을 조용히 열었다. 다녀왔습니다, 라고 작게 말했다. 밤늦은 시간이니까, 아사무라 군은 이미 침실에 있을 거야. 그의 방은 거실로 이어지는 문 앞에 있다. 방의 문을 노크했다.

대답이 없네. 잠들어 버렸거나, 목욕하고 있는 걸까? 그렇게 생각하면서 거실에 들어섰다.

아사무라 군이 있었다.

테이블에 아직 안 먹은 저녁 식사가 그대로 있었다.

당황하면서도 말을 걸자, 아사무라 군이 같이 먹자고 했다. 그가 어떤 마음으로 그런 말을 하는지는 몰랐지만, 나로서는 잘 됐다. 대화를 하고 싶다고 생각했으니까.

""삼자면담 말인데.""

입을 모아 말하고 있었다.

혹시, 같은 생각을 한 걸까? 하지만, 덕분에 안도해 버렸다.

나랑 아사무라 군은 저녁을 함께 먹으면서 대화를 나눴다.

삼자면담에 대해 아사무라 군이 말하기 시작한 것은, 내가 오늘 고민하고 있던 것과 거의 같았다.

"그러니까, 아키코 씨한테 부담을 주면 안 된다고 생각해."

치사해. 정말 치사해, 아사무라 군.

─기껏 마음을 지우려는데, 이런 사소한 일로 내 마음을 뒤흔드니까.

엄마가 힘든 걸 그가 생각해준 것이 나는 순수하게 기뻤다.

"─힘들 거라는 것 말고도. 다른 의미에서도, 엄마가 나랑 오빠 두 사람의 삼자면담에 왔으면 좋겠어."

그렇게 열심히 아사무라 군의 어머니가 되려고 하니까.

우리는 학교에서 남매관계가 들켜도 상관없다고, 서로 동의했다.

이건 우리 두 사람의 공동 선언이다.

●9월 4일 (금요일) 아사무라 유우타

일찍 일어난 남자 둘이서 아침 식사 자리에 앉자마자 아버지가 말했다.

"아키코 씨랑 같이 생각해 봤는데 말이다."

"같이?"

나는 아버지의 밥그릇에 밥을 담으면서 고개를 갸웃거렸다. 흐음. 이 시간대 안 맞는 부부가 어디서 어떻게 「같이」 생각했을지 궁금해졌기 때문이다.

이야기를 들어보니 나하고는 스마트폰으로 메시지 주고받는 것도 귀찮아하는 주제에, 아키코 씨하고는 LINE으로 자주 대화를 하는 모양이다. 아버지도 변했구나 싶었다.

그건 그렇다 치고.

"역시 나도 회사 쉴게. 네 삼자면담은 내가 간다. 분명히 지금 회사가 중요한 시기지만, 아키코 씨만 부담을 지는 건 아닌 것 같아."

"아니, 아버지. 그거 말인데."

나는 어젯밤에 아야세 양과 이야기한 것을 고려해서, 나랑 아야세 양의 면담일을 같은 날로 맞출 거니까, 아키코 씨가 하루만 쉬면 된다고 전달했다.

그래서 아버지는 일을 쉬지 않아도 된다고.

"어, 정말로 괜찮니?"

나는 고개를 끄덕였다.

"이건 아야세 양하고도 이야기를 한 거니까, 내가 멋대로 말하는 게 아냐. 아버지랑 아키코 씨를 너무 휘두르고 싶지도 않고. 나랑 아야세 양이 남매라는 사실을 괜히 감추는 게 더 부자연스럽잖아."

그렇게 말했을 때 아버지는, 내 기억에 없을 정도로 기쁜 표정을 지었다.

"아키코 씨도 분명히 그게 더 기쁠 거야."

그리고 아버지는 아키코 씨가 한 말을 가르쳐 주었다. 아키코 씨는 가능한 나의 어머니이고자 한다고.

어렸을 때라면 모를까, 아무래도 나는 벌써 열여섯이다. 부모가 재혼을 해도 그저 아버지에게 아내가 생겼다고 생각하게 되지, 나로서는 새로운 어머니가 생겼다고 생각하기 어렵다.

그건 아버지도 아키코 씨도 느끼고 있었는지, 아버지가 「하지만」 하고 덧붙였다.

그래도 그녀가 어머니이고자 바라는 건, 보호자로 있기를 바라는 게 아니라고.

"아키코 씨가 그러더라. 가족이고 싶다고. 그건 될 수 있을 거라고. 안 그러면 나랑 결혼한 걸로 맺어진 『인연』이 아깝다고."

인연……이라.

그 말을 듣고 나는 이해했다. 아키코 씨는, 나의 보호자라는 역할을 맡게 되었으니 어머니가 되고 싶다는 게 아니다.

입장을 따져보면 의붓 어머니와 아들이다. 하지만 그런 게 아니라, 아버지와 아키코 씨, 아야세 양, 그리고 나까지. 이 네 사람이 우연하게나마 지금 이 시간과 공간을 공유하게 된 것을 소중히 여기고 싶다는 말이다.

"그래서, 아키코 씨는 유우타가 가족으로 인정해준 걸 알면 아주 기뻐할 거야."

조금 죄책감이 들었다.

나는 거기까지 생각한 게 아니니까.

"좋은 아침이에요, 새아버지, 오빠."

거실에 아야세 양이 들어왔다.

"아아, 안녕? 사키."

"아야세 양, 밥은 어떡할래?"

조금 늦게 일어났기에 만약을 위해 물었다. 아야세 양은 평소 나보다 빨리 등교하니까, 안 먹을지도 모른다.

"아, 미안. 준비해줬구나. 여기서부턴 내가 할게."

"아니, 우리도 지금 일어난 참이야. 자리에 앉아 있어. 자, 된장국……이랑 밥이랑 젓가락."

"미…… 고마워, 오빠."

"천만에. 하지만 꽤 늦었는데, 늦잠 잤어?"

설마 하면서 물어봤더니, 아야세 양은 자리에 앉으면서 손에 들고 있던 스마트폰을 뒤집어 화면을 드러냈다. 봐달라는 걸까?

"……LINE?"

"엄마가 앞으로 두 시간 정도 지나면 돌아온대. 그래서 어제 일 말인데."

아아. 납득했다.

아야세 양은 어제 나랑 이야기한 내용을 아키코 씨에게 메시지로 보내둔다고 했다. 그래서 아침이 되자 답신이 온 거겠지. 그 다음에 몇 번인가 메시지를 주고받은 모양이다. 그래서 늦었나 보다.

"엄마, 기뻐했어."

"그렇지?"

아버지가 신이 나서 말하고, 나는 또 가슴에 살짝 통증을 느꼈다.

"그래서, 삼자면담 날짜. 엄마의 희망 말인데."

"며칠이 좋다고 해?"

아마 만약을 위해서겠지. 아버지가 물었다.

"가능하면, 이지만. 9월 25일."

"25일…… 금요일이군."

나는 달력을 확인하고 말했다.

"안, 될까?"

"아니, 괜찮아. 그 날이 아키코 씨 사정이 좋은 날이라면, 희망 날짜는 25일로 제출하자. 그래서, 아야세 양—."

삼자면담 날짜를 나랑 아야세 양이 맞추기 위해서는 양쪽 담임에게 미리 이유를 설명해둘 필요가 있다. 「어머니가 여러 번 휴가를 내기 어렵기 때문에, 가능한 이 날짜에 부탁합니다.」라고 말이다. 다행히, 양쪽 담임 모두 나랑 아야세 양이 남매가 된 걸 알고 있다.

"그렇네. 오빠 말이 맞아."

"같은 반이었으면 내가 말해두기만 하면 되는데 말이지."

"괜찮아. 나도 할 수 있어."

밥을 먹으면서 아야세 양이 맡겨두라고 말했다. 얼마 전까지의 아야세 양은 이런 것이 별로 특기가 아닌 느낌이었지. 어쩐지 조금 변했는걸.

그리고 아침을 다 먹고 설거지를 한 뒤에, 결국 평소와 같은 시간에 집을 나섰다.

다음으로 아버지가 출근하고, 마지막으로 나도 집을 나섰다.

등교 중에 올려다본 하늘은 파랗고, 바람이 어제보다 덥지 않게 느껴졌다.

가족이 되고자 하는 아키코 씨. 아야세 양이 아버지를 「새아버지」라고 부르는 것처럼, 나도 아키코 씨를 「새어머니」라고 부르는 편이 좋을까? 어머니로서 인정하는지 아닌지 그런 게 아니고, 가족이기 위해서.

아야세 양은 그래서 나를 「오빠」라고 부르는 걸까?

학교의 문이 보여서, 나는 빙글빙글 맴돌고 있는 사고를 일단 끊었다.

수업 시작 5분전.

예비종 소리와 함께, 뒷문이 열리고 마루가 들어왔다.

아침 연습이 있는 사람들은 아무래도 수업 시간 아슬아슬하게 교실에 온다. 야구부인 마루뿐이 아니다. 운동부 녀석들이 삼삼오오 모여서 교실에 온다. 마루는 내 앞 자리에 앉더니, 뭔가 떠올린 표정으로 내 쪽에 몸을 반쯤 돌렸다.

"이봐, 아사무라여. 그러고 보니 말이다."

"응?"

"역시 여름 방학 때 나라사카네랑 워터파크에 갔더만."

"어…… 어, 뭐. 그렇지."

"아야세랑 좋은 분위기였다는 소문도 들었다."

"좋은 분위기라니……."

"물론 소문은 소문이야. 그러나, 요즘 들어 아야세를 보고 있으면, 그렇게까지 부정할 수 없어서 그것도 가능이라고 생각했거든."

뭐가 「가능」이야, 뭐가.

"그래서, 실제로는 어떤데? 아야세랑 말이야."

질문을 듣고, 나는 조금 난처해졌다.

그래서 곧장 대답하지 않고, 어째서 갑자기 그런 소리가 나오는 건지, 질문에 질문으로 답한다는 궁핍한 녀석의 빤한 행동을 해버렸다.

"친구의 연애담을 공유하려는 것이 연애 게임에 나오는 친구 캐릭터의 올바른 스탠스라고 생각하지 않냐?"

"현실과 공상의 구별을 해야 하지 않을까?"

"흠. 솔직하게 말하면, 이 소문이 내 귀에 들어온 건 아까 전이야. 애당초 근거 따위 도무지 없는 이야기지."

그렇다면 야구부 안에서 소문이 돌고 있다는 거군. 나랑, 그…… 아야세 양이 좋은 분위기라고.

어째서지? 내가 아야세 양에 대한 감정을 의식한 것이 여름 방학의 워터파크 때고, 동시에 이 감정을 어떻게든 버려야 한다고 생각한 것도 그때다. 아야세 양은 내 여동생이고, 그래야 한다는 기대를 받고 있으니까.

잊자, 버리자, 이 마음을─. 그런데 어째서인지, 주변에서는 마치 내 감정을 꿰뚫어본 것처럼 그 여름의 추억을 가져와 들이민다.

어떡하면 좋지…… 나는 생각하면서 수업 준비를 시작하고, 가방을 열자마자 제출할 프린트가 눈에 들어왔다. 그걸로 떠올렸다.

아야세 양과 나는 이야기를 해서 정했다.

학교에서, 남매 관계가 들켜도 된다고.

"있잖아."

그래도 목소리는 작아진다. 필요도 없는 사람한테까지 들려줄 화제는 아니니까.

마루가 이쪽으로 슥 다가왔다. 내가 목소리를 줄이자, 내가 조심스러운 말을 하려는 걸 깨달은 거겠지. 역시 내 절친이다.

"사실 나랑 아야세 양의 관계 말인데—."

그렇게 시작하여, 나는 부모의 재혼으로 아야세 양과 의붓 남매가 된 것을 자백했다. 이제 숨기는 건 관두기로 했다고. 그렇다고 딱히 떠벌리고 다니려는 것도 아니다. 너니까 신용하고 말하는 거라고 내가 말하자, 마루는 「당연하지」라고 단언했다.

"나는 그런 섬세한 이야기를 떠벌리고 다니는 놈이 아냐."

"고마워."

"그러나, 이걸로 여러 가지 납득했다."

"응? 뭐가?"

마루가 뭔가 납득한 모양이다.

"네가 갑자기 아야세를 알고 싶어 했을 때는 참으로 뜻밖이라고 생각해서 놀랐거든. 그 다음에도 아야세한테 여러모로 집착을 했었잖아?"

"집착……이라니, 이보쇼."

"음. 단어 선택이 좀 안 좋았군. 그러나 나는 제법 진지하게 걱정했다고."

6월의 그 무렵은 아야세 양에게 좋지 않은 소문도 있었다. 아야세 양의 외모는 화려하다. 왜냐하면 그것이 그녀의 무장이기 때문인데, 밤의 시부야에서 그 모습을 보게 되면 소문이 과장되는 것도 이해 못할 것은 없었다. 그래서 마루는 나를 걱정한 거겠지.

"오해야."

"그랬겠지. 미안. 그건 사과한다. 깔끔하게 납득했어. 그리고 아야세에 관해서도. 여동생을 안 좋게 말한 게 되네. 미안."

"뭐. 몰랐으니까 어쩔 수 없지."

"나는 분명히 네가 아야세에게 반한 거라고 생각했었지."

그 말에 심장의 고동이 한순간 빨라졌다. 손에서 땀이 나는 게 느껴졌다.

반한다…… 좋아하게 된다…… 좋아한다.

오빠와 여동생이라면, 좋아하는 건 딱히 이상하지 않다. 그러나―.

"그렇지는……."

"아아, 미안. 괜한 참견이군. 하지만 안심했다. 정말로 반했다면, 너는 그 녀석들이랑 대항해서 승산이 없었을 테니까. 상처 받는 친구를 보고 싶지는 않아."

"그 녀석들?"

"몰랐냐? 여름 방학 뒤부터 아야세의 평판이 변했거든."

주변에 대한 태도가 부드러워져서, 그때까지 아야세 양을 불량학생이라고 생각하여 무서워하던 남학생들 사이에서 인기가 치솟은 모양이다. 고고한 존재가 아니게 되어, 말을 걸기도 하고 접근하려는 남자가 늘었다고 한다.

당연하지만, 그 중에는 하이스펙인 남자들도 있다.

"내 친구는 도무지 이 경쟁에 이길 수가 없다……라고 생각하고 있었다만, 오빠라면 처음부터 레이스에도 참가하지 않는단 거군."

"참가고 뭐고……."

"좋아좋아."

마루가 뭔가 혼자서 납득했다.

나는 그런 마루를 보면서 생각했다. 분명히 마루가 말한 것처럼, 오빠와 여동생이니까 승산이고 뭐고 딱히 상관없다. 아야세 양에게 하이스펙인 남자들이 접근을 해도 말이다.

여동생에게 해충이 달라붙지 않도록 걱정하는 건 픽션 속에 있는 오빠의 행동이리라. 열여섯 살이면 스스로 판단해야 할 일이며, 오빠가 개입하는 건 과한 간섭일지 모른다. 그게 친오빠든, 의붓 오빠든 말이다.

그래. 나는 평정하게 대응해야 한다.

—아야세 양에게 접근하는 남자가 있는 게 뭐 어때서? 상관없잖아.

　담임이 들어와서, 아침 조례가 시작됐다.

　그리고 조례 끝에, 담임이 진로희망 조사와 면담 일정을 제출할 수 있는 사람은 제출하라고 했다. 아야세 양과 사전에 의논한대로, 나는 제출하면서 다른 학생에게 들리지 않도록 작은 소리로, 가정 사정으로 바쁜 어머니가 휴가를 낼 수 있는 게 그날뿐이니까 아야세 양과 같은 날로 해달라는 말을 덧붙였다.

　"그래. 너희 집은— 그러면 새어머님이 오시는 거구나?"

　"네."

　짧은 대화를 마치고, 나는 자리로 돌아갔다.

　방과 후.

　오늘은 서점 알바가 있는 날이다.

　수업 뒤 종례가 끝나자 곧장 가방을 챙겼다. 신발장에 실내화를 던져 넣은 참에, 떠들썩한 집단이 다가오는 걸 깨달았다.

　들어본 적 있는 목소리가 들려서 돌아보자, 한가운데에 나라사카 양이 있었다. 다시 말해서, 저 집단은 옆 반의 멤버다. 나라사카 양은 늘 그렇듯이 친구들에게 둘러싸여 웃고 있었다. 자연스럽게 주위 친구들 중 아무도 빠지지 않도록 대화를 하고 있었다.

그곳에 아야세 양도 있었다.

가깝지도 멀지도 않은 거리에서 천천히 걷고 있었다. 때때로 누가 말을 걸면 대답한다.

미소를 지으며 대화하는 아야세 양을 보고, 나는 반사적으로 신발을 집어 신발장 뒤에 숨었다. 그대로 발견되지 않도록 계단으로 나갔다.

나를 봐서 신경 쓰게 되면 미안하니까, 라며 스스로에게 변명을 했다.

아야세 양은 웃고 있었다.

저런 식으로 반 아이들과 웃으며 대화하는 건 처음 봤다. 다행이라고 생각한다. 전에는 반 안에서 고립되어 있는 느낌이었으니까.

마루 말이 맞았다.

아야세 양은 변했다. 완고하게 남을 의지하지 않는 자세는 자칫하면 고고한 시늉을 한다고 생각될 수도 있지만, 사실은 방법을 모르니까 어쩔 수 없이 관계를 끊고 있던 것뿐이다.

자립한다는 것은 남과 단절되는 것이 아니라는 걸 그녀는 배웠다.

남을 대하는 태도가 부드러워진 아야세 양이, 내가 모르는 사람들과 웃고 있는 걸 보니 어째서 이렇게 복잡한 기분을 느끼는 걸까?

자전거를 타고 역 근처 주륜장에 도착했을 때는 하늘이 주홍색으로 물들어 있었다.

해가 지는 게 빨라졌다. 이제 9월이니까, 이제부터 하루하루 점점 낮이 짧아진다.

사무소에 들어가서 옷을 갈아입고 매장에 나왔다.

자, 오늘 첫 일은 선반 정리였지. 계산대 앞을 지나, 안에 있는 점장에게 인사를 하면서 매장으로 갔다.

문고가 늘어선 책장을 안쪽에서부터 순서대로 돌았다.

대개의 서점은 책장을 저자별이 아니라 출판사별로 배치한다. 같은 출판사에서도 레이블이 다르면 다른 책장에 놓는다.

그리고 레이블 안에서 작가명의 머리문자를 50음도의 아이우에오 순으로 배치하는 일이 많다.

예를 들어, 이 MF문고J라는 레이블의 문고는 책등 위쪽에 미-10-16 이라는 의문의 문자가 적혀 있다.

이건 그 레이블에 「미」로 시작하는 이름의 작가가 다수 있으며, 그 중에서 열 번째로 출판한 작가의 16번째 책이라는 걸 의미한다.

이 숫자를 기준으로, 여기저기 흩어져 있는 책을 책장에 배치하게 된다.

오늘 근무는 밤 시간이다. 이 시간에는 벌써 신간 서적의 배치나 재고의 조정은 끝나 있다. 신간 서적을 위한 공간도 비워둔 모양이니, 단순히 흩어진 책을 정리하면 된다.

손님이 아무렇게나 책장에 되돌려놓은 책을 뽑아서 올바른 위치에 다시 넣는다. 이런 수수하고 단조로운 작업을 계속하다 보면, 점점 머릿속이 하얗게 물드는 기분이 든다. 이른바 깨우침의 경지에 들어가는 것 같은—.

"아. 우리 후배, 마침 잘 왔어."

돌아보자, 목소리로 예상한 것처럼 검은 롱헤어의 일본풍 미인이 쌓아 올린 문고본을 끌어안고 있었다. 유니폼에 붙어 있는 명찰을 읽어볼 것도 없다.

알바 선배, 요미우리 시오리였다.

"뭐야~? 그 미묘한 표정은."

"아, 그게요. 지금 깨우침의 경지에 들어가려던 참이라, 조금."

"현자 타임이었구나."

"그거, 의미가 다르지 않아요?"

"흐응—. 그러면 올바른 의미를 말해보렴."

"아저씨처럼 시비를 걸지 좀 마세요. 성희롱으로 고소합니다?"

"어이쿠. 남녀평등이란 멋지네."

감탄할 때가 아니거든요.

"에이~. 그런 건 아무래도 좋아. 우리 후배, 무거운 짐을 들고 있는 미소녀 앞에서 할 말은 달리 더 있지 않을까아?"

"아, 죄송합니다. 이리 주세요."

요미우리 선배가 안고 있던 문고본의 산더미는, 보충해야 할 책들이다.

POS 계산의 도입으로, 책이 한 권 팔릴 때마다 재고가 있는지 없는지 금방 가게도 파악할 수 있게 됐다. 무시무시하게도, 쇼와 시대의 서점은 책의 재고를 기억에 의지해서 관리했다고 한다. 물론 입고 기록은 종이 시절에도 있었을 거고, 책장 정리 작업을 하면 가게에 남아 있는 상품의 재고 수량을 확인할 수 있었겠지만.

현실적으로 나날의 책장 관리는 기억에 의지했었다는 거다.

지금은 관리하고 있는 데이터베이스를 체크하면 순식간이다.

요미우리 선배에게 받은 문고본의 산은 마침 눈앞에 있는 라이트노벨의 보충이었다.

게다가 자세히 보니, 몇 번인가 애니화되어서 최근에는 다방면으로 진출하고 있는 작가의 장편 시리즈다.

"이거, 왜 지금 이렇게 팔리고 있는 걸까요? 뭐, 분명히 재미있지만."

"우리 후배도 읽고 있다고 했었지?"

"네. 어라?"

내 기억의 뚜껑이 열렸다.

"아아, 애니가 시작됐구나."

"그래그래. POP도 만들었고, 애당초 저기에 잔뜩 쌓여 있잖아."

선배가 가리킨 쪽에 나는 고개를 돌렸다.

문고의 책장 끝엔 가장 눈에 띄는 평상 위에 표지를 보인 채 쌓여 있는 책과 같은 시리즈였다. 잘 팔리는 책은 책등만 보이는 책장에만 두는 게 아니라, 저렇게 쌓아두는 법이다.

쌓아둔 책 옆에는 손으로 적은 POP라고 불리는 선전 카드가 달려 있었다.

"저 POP. 만든 거 나거든~."

"그랬었나요."

"『펑펑 울게 되는 명작이에요. 저도 한바탕 울었습니다!』라고 적었어."

"그거, 과대광고라고 혼나지 않을까요?"

뭐, 요미우리 선배니까 분명 이것도 무슨 조크겠지. 나중에 POP 확인해두자. 응? 이렇게 확인하려는 단계에서, 이미 선배의 손바닥 위에서 놀아나는 거 아닌가?

"어라? 그렇다면……."

그때 나는 중대한 사실을 깨달았다.

이제 시작된 참이라면, 지금은 9월이니까 다시 말해서 가을 애니메이션라는 것이다. 그건 다시 말해서 12월까지 3개월간 이 시리즈의 매상이 오르는 시기란 것이며⋯⋯.

나는 보충을 위해 선배가 가져온 문고를 손에 집었다.

역시나 문고에는 「애니메이션 방영 개시」라고 적혀 있는 새로운 띠지가 감겨 있었다. 애니메이션에 맞추어, 증쇄를 할 때 출판사가 새로운 띠지를 붙인 것이리라. 그리고 그 띠지에는 다음 달에 신간이 발매된다는 고지가 실려 있었다.

"신간, 나오는구나⋯⋯."

"우리 후배, 꽤 지쳤구나."

걱정해주는 선배의 말에 나는 「응?」 하고 고개를 갸웃거리는 표정을 지었다.

"무슨 뜻이죠?"

"기운이 없다는 거야."

"밥은 잘 먹고 다니는데요."

"그런 의미가 아냐. 너, 전에는 좋아하는 책의 신간 스케줄은 3개월 뒤까지 파악하고 있었지?"

책이나 만화의 발매일은 이르면 3개월 전부터 고지된다. 다시 말해서 서점 직원이라면 알 수 (있는 경우도) 있다.

"⋯⋯그렇네요."

"요즘에, 기운이 없네. 우리 후배."

"딱히 그렇지는—."

"안 돼~. 이 선배는 다 알아. 네가 기대하고 있는 시리즈의 신간에 흥미를 잃었다는 건 대사건이야."

"그런가요? ─그렇네요."

맞는 말이었다.

예전의 나라면 마음에 든 시리즈의 신간 발매일을 잊는 일은 있을 수 없었다.

"요즘에 사키 양이랑 같이 근무 서는 날이 적어서 쓸쓸한 걸까아?"

우후후, 하고 요미우리 선배가 수상한 미소를 지었다.

"선배. 그 웃음은 까딱하면 인망을 잃는 웃음인데요."

"에이. 이 누나한테 고민을 말해보렴. 자, 마음을 열고 이 품에 뛰어들어 보렴."

"정말로 그런 게 아니라니까요. 애당초 남매니까요. 그런 거 있을 리 없잖아요."

"그런 거라니, 어떤 거~?"

"쓸쓸하다는 거요. 여동생이랑 같이 일을 못해서 쓸쓸하다는 거요. 그럴 리가 없잖아요."

"나는 오빠가 없으니까 뭐라고 말할 수 없지만. 뭐, 그럴지도 모르지. 하지만, 사키 양은 의붓 여동생이잖아?"

"의붓이라도 여동생이에요."

말하고서, 스스로도 말문이 막힐 것 같았다.

"상식적인 반응이라 재미없어~."

"재미가 있고 없고로 판단하는 건가요."

"흠. 하지만 기운이 없는 우리 후배에게 솔깃한 정보를 알려드리죠~."

손가락 하나를 척 세우고 요미우리 선배가 말했다.

"이번에 우리 대학에서 오픈 캠퍼스를 하니까 와보렴."

"오픈 캠퍼스라면, 그건가요? 대학이나 전문대 입학에 관심이 있는 사람에게 학교를 알리는⋯⋯."

"그래, 그거. 너도 귀여운 여대생 누나들에게 둘러싸이면 기운이 날 거야."

분명히 요미우리 선배 같은 미인 여대생에게 둘러싸이면 신나서 기운이 나는 남자가 많겠지.

나는 전에 이 선배가 대학의 지인으로 보이는 사람들과 대화하는 걸 본 적이 있는데, 다들 예쁜 누나들이란 인상이 있었다.

그러나, 그 제안에는 치명적인 문제점이 있었다.

"그런데 선배, 여대 다니시잖아요."

"그런데?"

"남자인 제가 오픈 캠퍼스는 무리죠."

"어이쿠. 남녀평등은 어디로 간 거야!"

여대에 남자가 평범하게 입학할 정도로 이 시대는 진전되지 않았다.

요미우리 선배가 기운 없는 나를 걱정해주는 건 알겠지

만, 이때 나는 그것에 웃으며 응답할 수가 없었다. 스스로도 뭘 그렇게 풀이 죽어 있는 건가 생각했다. 풀이 죽을 원인 따위 없는데.

알바를 마치고, 나는 아무 데도 들르지 않고 귀가했다.

집에 돌아오자 테이블 위에 저녁 식사와 메모가 있었다. 어제는 오랜만에 같이 저녁을 먹었다고 생각했는데, 오늘은 메모뿐이다. 역시 아야세 양은 침실에서 나올 생각이 없구나.

나를 피하는 건 아니, 겠지…….

나는 아야세 양과 만나지 못한 것을 유감스럽게 느껴 버려서, 이래서는 요미우리 선배에게 한 말이 거짓말이 되어 버린다고 생각했다.

마음속에서 메아리가 돌아왔다.

하지만 어쩔 수 없잖아?

아야세 양은 친남매가 아니니까.

●9월 4일 (금요일) 아야세 사키

　4교시 끝을 알리는 종이 울리고, 교실 안이 단숨에 나른한 분위기로 바뀌었다.

　"밥이다~!"

　함성을 지른 소녀를 보고, 나는 어깨를 움츠렸다.

　어쩜 매일 저렇게 기운이 넘칠까.

　뭐. 됐어.

　"도시라악 도시라악~."

　마치 건너뛰기라도 하는 것처럼 말하면서…… 어, 정말로 건너뛰고 있잖아?

　그렇게 다가오는 그녀— 나라사카 마아야를 기다리는데, 나는 그녀 뒤에 몇 명의 같은 반 아이들이 있는 걸 깨달았다.

　"그럼 아야세 양. 나는 식당에 갈 테니까, 책상 써도 돼."

　"고마워."

　옆자리 아이가 지갑을 들고 교실을 나섰다. 등을 배웅하고서 나는 그 애의 책상을 내 책상에 붙였다.

　가방에서 도시락을 꺼냈다.

　"사키, 오늘은 사람이 많아서 미안해~."

　"괜찮아."

　도시락을 흔들면서 다가온 마아야 분량의 책상은 확보했

다. 그러나 남녀를 합쳐서 네댓 명 정도 있는 마아야 뒤의 학생들의 책상은 어떡하면 좋지?

당황하고 있자니, 다들 직접 주변 자리에 말을 걸어 책상을 확보했다.

반 아이들 절반은 식당에 가거나 부실에서 먹는다. 책상은 비어 있으니까 멋대로 쓰는 것만 아니면 트러블은 안 일어난다. 나는 그런 귀찮은 짓을 하면서까지 누군가와 함께 도시락을 먹는 건 귀찮다고 생각하는 쪽인데.

그래도 노골적으로 어려워하는 티를 내지 않고 넘어갈 수 있다. 그들 중에 몇 명인가가 여름 방학 때 워터파크에서 함께 놀았던 사람들이며, 나머지도 요즘 들어서 대화를 하게 된 사람들이기 때문이다.

순식간에 책상을 붙이고 자리가 생겼다.

잘 먹겠습니다.

"오늘 반찬은 뭘까요~."

"저기, 마아야. 왜 그러면서 내 도시락을 보는 거야?"

"오오! 달걀말이!"

"어째서 자연스럽게 젓가락을 뻗는 거야?"

"절반! 절반이면 됩니다요!"

"정말."

나는 젓가락으로 달걀말이를 절반으로 갈라, 마아야의 도시락 통에 주었다. 답례, 인 걸까? 그녀가 내 도시락에

튀김을 주었다.

"답례 치고는 너무 크지 않아?"

"괜찮아~. 아, 유미네 연어도 맛있어 보이네."

"나라사카 가문 비전의 튀김이랑 교환이라면 좋아~."

"거래 성립이네!"

그렇구나. 튀김은 나라사카 가문 비전이었구나. 나는 마아야가 준 튀김을 먹어봤다. 끈적하지 않은 튀김옷을 와삭 베어 물자, 육즙이 풍부한 부드러운 닭고기가 입 안에서 사르륵 풀어졌다. 기름기가 적으니까, 다리살이 아니라 가슴살일지도 모른다.

"맛있어……."

"그치그치~! 나라사카네 튀김은 완전 천재야."

"튀김을 천재라고 칭찬하지 마."

진지한 표정을 만든 마아야가 말하자, 주변에서 웃는다. 나도 덩달아 웃어 버렸다.

"마아야. 이거, 두 번 튀긴 거야?"

"응?"

"아, 입에 문 채 말 안 해도 돼. 나중에 괜찮아. 나중에."

"으응."

마아야는 튀김을 입에 문 채 고개를 세로로 흔들었다. 정말이지. 그걸 보고 주변에서 또 웃었다.

귀찮은 친구들 관계는 시간 낭비고, 마아야 말고는 필요 없다고 생각했는데…….

나는, 의식적으로 새로운 관계성을 구축하려 하고 있었다.

젓가락을 움직이는 사이에도 대화는 이어진다. 솔직히 말해서, 그들의 대화를 듣고 있어도 잘 모르겠다고 해야 할까. 그다지 흥미가 안 생긴다. 그래도 맞추어서 즐겁게 이야기를 듣는 척하고 있는 사이에 자연스레 정말로 즐거운 기분이 된다.

인간의 심리는 뜻밖에 단순하다.

이런 심리 효과에도 뭔가 이름이 붙어 있지 않을까?

"저기, 애들아—."

모두의 주의를 환기하는 말에 나는 문득 고개를 들었다.

"이번 달에, 또 다 같이 모여서 놀지 않을래?"

말을 꺼낸 건…… 누구였더라? 그러니까…….

"오오, 그거 좋네. 신쬬. 어디 갈래? 언제 갈까?"

"노래방 같은 데 어때? 일요일에, 다들 예정이 맞는 날에."

아아, 그렇지. 신쬬다.

그의 제안에 주변이 긍정적이다.

좋은걸, 노래방이라, 오랜만이야, 등등.

"사키는 어때?"

마아야가 그렇게 말하며 권했지만, 나는 주저했다. 어쩌지? 지금까지는 공부나 알바를 이유로 들어 거절했었지만—.

"그게……."

"알바 있어? 아니면 공부?"

마아야가 앞서서 배려해 주었다.

"알바는, 27일이라면 근무가 없어. 알바가 없는 날은 공부를 하지만……, 그래도."

"호오. 뭐 사키는 예습복습을 제대로 하니까. 흐음~ 어떡할까."

"그렇구나. 그러면 공부 모임은 언제?"

신죠 군이 어째선지 나를 보면서 말했다.

"아~, 어딘가 모여서?"

"도서관?"

"아, 그러면 우리 집 어때?"

마아야가 말했다.

일행이 술렁거린다. 그야 그럴 것이다. 지금 대화하는 멤버의 수는 그러니까 여섯 명 정도 된다. 그렇지만 나는 알고 있다. 분명히 마아야의 집 거실이라면, 여섯 명은 괜찮을 거야.

"그날은 부모님이 동생들을 데리고 외출하니까, 다들 오려무냥~."

마아야가 모두에게 말하며, 고양이처럼 손을 웅크리고 이리온~ 이리온~ 하면서 나도 부른다. 새로운 관계를 구축하려면 이런 모임에도 조금은 나가는 편이 좋겠지…….

아사무라 군이 아닌 사람과 교류가 늘어나면, 어쩌면 그에 대한 감정도 씻어낼 수 있을지 모른다.

　귀가해서, 저녁 식사와 내일 아침 식사 준비를 했다.

　그렇지. 나는 냉동실을 열어 닭고기를 꺼냈다. 튀김을
만들어두자. 내일 아침에 먹고, 남은 건 도시락으로 가져
가야지. 나는 낮에 먹은 마아야의 튀김을 떠올렸다. 그건
아마도 저온과 고온에서 두 번 튀겼을 것이다. 평소에는
시간을 아끼느라 안 하지만, 오늘은 도전해 보기로 했다.
다행히 오늘은 알바도 없다.

　저녁 식사는 전갱이를 굽고, 가지와 유부 된장국을 만든
다. 마무리로, 참기름을 조금만 넣어 오늘은 맛에 변화를
더해봤다.

　식사 준비하는 사이에 새아버지가 돌아왔다. 새아버지는
돌아오자마자 곧장 목욕탕 스위치를 켰다. 물이 끓는 사이
에 내가 늘어놓은 저녁을 먹었다.

　"오, 이 된장국. 오늘은 맛이 다르네."

　"이상, 한가요?"

　"아니, 맛있어. 이건 유우타도 좋아하겠어."

　기습처럼 그 말을 듣고, 나는 포커페이스를 열심히 유지
했다.

　"그건…… 다행이에요."

　"아키코 씨의 요리에도, 가끔 참기름을 넣을 때가 있어

서 맛있었지. 이건 아야세 가문의 레시피니?"

"······그런 셈이죠."

맛의 변화를 주기 위해 참기름을 넣는 기술은 엄마한테 배웠었지.

물이 끓자, 목욕을 끝낸 새아버지는 얼른 침실에 들어가 버렸다.

나는 튀김을 다 만들고, 알바에서 돌아오는 아사무라 군을 위해 메모지에 메모를 적어 테이블에 붙여두었다.

이후 침실에 틀어박혀, 내일 수업 예습을 하기로 했다.

헤드폰으로 바깥 세계를 쫓아내고, 느슨하게 고막을 흔드는 로우파이 힙합을 들으면서 교과서와 노트를 열었다.

내일 수학 수업은 문제 풀이를 출석번호 순서로 시키는 선생님이 하시니까, 나도 지명될 가능성이 높다. 미리 문제를 풀어두는 편이 좋다.

교과서의 예제를 풀면서도, 공부 모임 약속이 머리를 스치고 여름 방학 때 워터파크의 추억이 맴돈다.

정말로 그와 거리를 두고자 하면, 저녁도 안 만들고, 메모도 안 남기는 것이 올바른 태도일지도 모른다. 그 순간 그것은 「거리를 둔다」라기보다, 「단절」을 노리는 게 아닐까 하고 스스로도 생각해 버렸다. 그렇게까지는 하고 싶지 않다는 생각이······.

그를 멀리하고 싶은 게 아니다. 절대로. 그랬다간 과거에 타인이었던 때보다도 분명 괴로울 것이다.

그렇게 생각하는 것은, 가족으로서의 예의 탓일까? 기브 앤 테이크 관계를 무너뜨릴 필요가 없다고 생각하는 것뿐일까? 아니면—.

이것이 내 마지막 미련의 형태일까? 그건 스스로도 알 수가 없다.

문제는 하나도 풀지 못했다.

●9월 24일 (목요일) 아사무라 유우타

　가을의 쌀쌀함 탓일까, 아니면 아야세 양과 대화가 줄어든 일상에 색채가 너무 없는 탓일까. 9월은 순식간에 시간이 지나, 깨닫고 보니 벌써 삼자면담의 전날이 되어 있었다.

　"예를 들어서 말인데―."

　점심 시간. 도시락 반찬을 건드리면서, 나는 교실의 소란에 뒤섞어 마루에게 물었다.

　"실연을 했을 때 말이야."

　"음?"

　마루가 고개를 들었다.

　"그 사람에 대한 감정을 잊어야 한다고 하면, 어떡하면 될까?"

　"추론에 조건 설정이 애매하면 올바른 답을 얻을 수가 없거든, 아사무라?"

　"어, 미안?"

　"뭐, 됐어. 그러면 이것도 예를 들어서 인데…… 그 여자애가 언제나 마주치게 되는 가까운 아이인지, 인터넷 너머의 존재인지. 그걸로 잊기 쉬움이 변할 거라 생각한다만."

　아아, 그렇구나.

　상대와의 거리라.

"가까운, 걸까? 가정을 한다면."

마루가 도시락에서 고개를 들어 힐끔 나를 보았다. 다시 도시락으로 시선을 돌리고, 젓가락을 넣어 김을 올린 하얀 밥을 떴다. 깊게 넣은 젓가락이 퍼낸 밥의 양은 나의 1.5배는 될 법 하다. 역시 운동부 주전이다.

마루는 잠시 씹은 다음에 페트병에 든 차를 꿀꺽 마셨다.

"여러 여자랑 사귀어 본다— 같은 건 어때? 연애 감정이라는 건 애당초 정의가 어려운 거니까. 뭔가 마음이 움직이는 일이 있었겠지만…….."

연애 감정……이란 말을 듣고, 나는 한순간 굳어버렸다. 눈치 못 채면 좋겠다고 생각하면서도, 나는 고개를 약간 기울이고 이야기를 재촉했다.

"그러나, 그 타오르는 연애 감정도 착각일지 몰라. 달리 멋진 여자를 만나보면, 뜻밖에 간단히 마음이 바뀔지도 모르지."

"그렇게 간단히 바뀌는 걸까……? 아, 하지만 말이야. 애당초 그렇게 간단히 여러 여성과 만날 수 있는 환경, 별로 없지 않아?"

"아사무라……. 너는 뭘 보고 있는 거야? 봐라. 교실에만 해도 여자애들이 스무 명은 있거든. 다른 관계성으로도, 주변에 얼마든지 있잖아."

얼마든지, 라.

"하지만 그건 세상의 절반이 여성이니까 만남이 부족할 일은 없다는 상투적인 문구를 바꿔 말한 거 아냐?"

"그러나 사실이지. 결국 만남이 있는가 없는가는 본인의 마음가짐에 달렸다는 거야."

"다른 여성……이라……."

나는 멍하니 생각했다.

「존재한다」라는 것과, 「그 여성과 스쳐지나가는 타인 이상의 관계가 된다」 사이에는 커다란 골이 있는 것 같지만.

그러나 친구가 내려준 고마운 계시였다. 제대로 생각을 해봐야겠어.

본인의 마음가짐이라.

다시 말해서 마루가 하는 말은 이런 거다.

평소에 우리들은 타인을 자신과 관계있는 인물이라고 인식하지 않는다. 타인은, 다시 말해서 타인이다. 아야세 양도, 그녀의 어머니가 아버지와 결혼하지 않았다면, 다른 반에 있는 외모가 조금 화려한 여자애 이상으로 인식하지 않았을 거다. 우연히 아는 사이가 되었다고 해도, 복도에서 스쳐 지나갈 때 인사하는 사이 정도였을 거다.

그런데 어쩌다가 의붓 여동생이 되고, 동거생활을 유지하기 위해 상대를 알 필요가 생겨서 깊이 관여하게 되고, 결과적으로 그녀를 많이 아는 기회가 생겨서, 감정이 흔들리게 됐다.

그렇다면, 의식해서 주변 여성들을 알려고 노력해보면 된다.

그러면 깊이 알게 된 결과로, 아야세 양보다 내 마음을 흔드는 여성이 나타날지도 모른다…….

"말은 쉬운데."

"누구든지, 라는 걸 떠올리기 어려우면, 그 인물에게 가까운 인물부터 파고들어 가보는 게 좋겠지. 공략 정보가 많은 쪽부터 파고드는 게 정석이야."

"무슨 얘기야?"

"일반론이지."

대체 어느 업계의 일반론이냐.

그러나 틀린 말은 아닐 것이다. 가까운 타인, 이라. 내 경우는 예를 들어서…….

『에이. 이 누나한테 고민을 말해보렴. 자, 마음을 열고 이 품에 뛰어들어 보렴.』

자연스럽게 머릿속에 떠오른 것은 알바 선배인 여대생, 요미우리 선배의 얼굴이었다.

요전에 묘한 말을 들었기 때문일지도 모른다. 뭐든지 상담을 해주겠다는 거라든가.

"뭐— 여성이 어떻고 하는 것 말고도, 평소에 별로 안 하는 새로운 일에 도전해보는 것도 기분 전환에 좋지 않을까?"

멍하니 생각하던 나에게 마루가 말했다.

"너무 신경 쓰지 마."

"그렇네. 하지만, 만약의 이야기거든."

"아아, 그랬었지. 예를 들어서라고 말했으니깐 말이지."

마루가 도시락 뚜껑을 덜컥 닫았다.

"그럼 간다."

말하고서 교실을 나섰다. 나의 두 배는 될 법한 도시락을 나보다 빨리 다 먹고, 더욱이 점심 연습을 하러 간다. 저러면서 배탈이 안 나는 걸까?

한숨을 한 번 쉬고, 나는 도시락 나머지를 먹기 시작했다.

오늘은 어제에 이어서 알바다.

자전거를 주륜장에 세워두면서, 이제 가을이라고 생각했다. 주륜장까지 페달을 전력으로 밟아도 8월만큼 땀을 흘리지 않는다.

가게에 들어가자마자 부점장님이 내게 말을 걸었다.

"아사무라 군! 오늘은 계산대 부탁해."

"알겠습니다."

순순히 계산대에 들어가서, 나는 손님에 대한 대응을 반복했다.

계산대에 설 때는 사실 꽤 신경을 쓴다.

책의 가격은 바코드가 읽어내니까 아날로그로 금액을 손으로 입력하진 않는다.

그러나 옛날과 비교해서 계산대의 일이 줄어들었는가, 라고 하면 그렇지도 않다. 예를 들어, 책의 사이즈에 맞춰 커버를 준비하고, 손님의 구매량에 맞추어 봉투를 안내해야 한다. 그런 것은 옛날과 다를 바가 없다.

어린아이를 데리고 짐이 많은 손님이 조바심 내면서 지갑을 떨어뜨릴 것 같으면, 웃으며 상대를 진정시키는 정도는 하고 싶다. 트레이에 올리는 거스름돈은 겹쳐서 두면 손님이 파악할 수 없으니까 금액을 알기 쉽도록 흩어놓는 것도 중요하다.

요즘에는 결제수단이 다양화되어서 계산대 업무를 번잡하게 하고 있었다. 현금뿐 아니라 각종 카드를 통한 지불에 더해서 스마트폰 앱으로 결제하는 일도 늘었다. 그것들의 취급을 전부 머리에 넣어두고서 대응해야 하니까, 계산대를 싫어하는 점원이 늘어나는 것도 피치 못할 일이리라. 참고로 「피치 못할 일」은 「어쩔 수 없는 일」이라는 뜻의 말이며, 소설을 읽다 보면 종종 나온다. 소리 내어 말하면 소리가 즐거우니까 무심코 쓰고 싶어지지만 요즘은 무슨 뜻인지 모르는 사람도—.

"좋아, 이제 그만 휴식 들어가도 돼."

"엇, 아…… 네."

누가 말을 걸어서 제정신을 차렸다. 복잡한 업무도 익숙해지면 자동적으로 몸이 반응하여 대응해 버리니까, 인간이라는 시스템은 참 잘 만들어졌다. 어느샌가 무심에 들어가 있었군.

스스로에게 감탄해 버린다.

덕분에 낮에 고민하고 있던 것도, 해결은 되지 않았지만 마음이 진정되고 긍정적으로 변해 있었다.

마루 말이 맞다. 새로운 것에 도전하는 것도, 기분을 전환하는데 필요한 일일지 모른다. 그리고, 내가 생각지 못하는 새로운 것을 알고 있을 법한 인물이라면…….

"우리 후배, 잠깐 괜찮을까?"

"아, 요미우리 선배. 네, 뭔가요?"

몸 뒤에 손을 돌린 선배가, 내 얼굴을 아래쪽에서 들여다보며 말했다.

"오늘 알바 끝나고 나서 말이야. 잠깐 놀러 안 갈래?"

"놀러, 말인가요?"

"네가 모르는 새로운 놀이를 이것저것 가르쳐줄까 해서."

"가요!"

"와오. 즉답! 우리 후배, 이렇게 대담돌이였나?"

"아, 그러니까, 마침 새로운 것에 도전해볼까 해서요. 민폐일까요?"

"아니, 아니. 뭐, 좋아. 그리고 젊은이의 도전 정신은 소중히 해야 할 것이야."

"감사합니다."

요미우리 선배가 이런 제안을 해준 건 이걸로 두 번째다.

전에는 영화였다. 놓칠 것 같았던 영화를 심야 관람이란 수단으로 놓치지 않고 감상할 수 있었던 것도 요미우리 선배 덕분이다.

역시 대학생은 고교생과 다르다.

선배답다.

마치 내가 지금 뭘 고민하고 있는지 다 아는 것 같다.

"그러면, 결정됐네."

"하지만, 놀러 간다면 뭘 할 셈인데요? 알바 끝난 다음이면, 그렇게 시간도 없잖아요."

"후후후. 우리 후배를 어른의 세계로 데려가 줄게."

요미우리 선배는 그렇게 말하고 일하러 돌아갔다. 그 다음에 몇 번인가 지나쳤지만 뭘 할 셈인지는 말해주지 않고 웃기만 했다.

새로운 어른의 놀이……란 대체 뭘까?

"이것이…… 어른의 세계……."

맞나?

"사회인에겐 필수 과목이야~."

"언제적 아저씨세요?"

"누님을 믿어보렴."

대체 이 사람은 얼마나 진심으로 하는 말이지?

게슴츠레한 눈으로 요미우리 선배를 보면서, 나는 눈앞의 건물을 올려다보았다. 입구 위의 간판에 당구나 다트 같은, 분명히 어른의 놀이다운 오락과 함께 「스크린 골프」라고 적혀 있었다.

"골프 연습을 하고 싶어, 인 거다!"

"역시 아저씨 취향이잖아요."

"음. 실례잖아."

"그렇다면, 이 건물에 있는 『스크린 골프』란 건가요?"

"와보면 알아."

내 앞에 서서 선도하는 선배를 나는 묵묵히 따라갔다.

엘리베이터를 타고 간 곳은, 예상대로 이야기는 들어본 적이 있는 실내에서 노는 골프 시설이었다.

"우리 후배, 이런 거 처음이지?"

"해보는 건 처음이죠. 몸을 움직이는 게임 좋아하는 친구가 해본 적 있다고 그래서, 어떤 건지 들은 적은 있지만요."

작은 박스로 구별된 부스 안쪽에 골프 코스가 펼쳐지고 있었다.

파란 하늘 아래 잔디가 널리 퍼져 있었다. 저 멀리 산봉우리가 완만한 곡선을 그리고 있었다.

물론 스크린에 투영된 영상이다. 여기는 시부야의 건물 안이니까.

"자연 안에 있으니 좋다. 아아, 녹음이 예쁘네."

"집의 TV에 배경 영상을 재생시켜 놓는 거랑 그다지 다를 바 없는 것 같기도 한데요."

"우리 후배는!"

요미우리 선배가 타이르듯 말했다.

"정서가 부족해! 좀 더 시적으로 접해봐. 메마른 아저씨도 아니고, 너는 젊은이라니까!"

"네에……."

그렇게 말씀을 하셔도 말이죠.

"예쁜 자연을 보고 너는 아무것도 안 느껴져? 누나는 슬프구나."

"죄송합니다."

"이렇게 온통 자연에 둘러 싸여서 힘껏 클럽을 휘두르면, 하얀 볼이 하늘로 빨려 들어가듯 휘~잉 하고 날아간단 말이야. 완전 상쾌, 통쾌! 어머나~ 기분 좋아!"

"호오. 그런 건가요?"

"그럼그럼! 그런 거야. 그러니까 지친 아저씨들이 골프를 하려고 우르르 몰려가는 거지."

역시 아저씨가 즐기는 오락이잖아.

"잔말 말고, 자, 시간이 아까워."

그녀는 내게 비치된 골프 클럽을 쥐어주었다.

그렇지만, 나는 골프 클럽을 난생 처음 만지는 거다. 애당초 이거 어떻게 쥐는 거지? 야구 방망이처럼 쥐면 되나?

클럽을 쥐고 있는 내 손가락을 요미우리 선배의 손가락이 눌러 고쳐주었다. 요미우리 선배의 손, 네일이 예쁘네…….

"응~. 이렇게, 일까? 자, 쥐어봐."

"그렇군요."

지탱하는 손인 왼손으로 일단 클럽을 들고, 왼손 엄지에 조금 겹치듯 보조하는 손인 오른손을 쥐는 모양이다. 요미우리 선배 식으로는 이거면 된다고 한다. 요미우리 선배 말로는 클럽을 쥐는 법은 이것 말고도 여러 가지 있는 모양이지만,「이제부턴 스스로 조사해봐」라고 한다.

일단 입문편이니까 시키는 대로 하면 되겠지.

"이런, 어깨에 힘이 들어갔어."

양쪽 어깨를 잡은 선배가 힘껏 아래쪽으로 힘을 주었다. 올라가 있는 내 어깨를 풀어서 내리는 느낌. 분명히 손에 힘을 너무 넣으면 어깨가 자연히 올라가 버린다.

"그래그래. 그런 느낌으로. 세트한 공을 저 스크린을 향해 치는 거야."

방금 전까지는 대자연 속이라고 하더니, 지금은 스크린 이라고 확실하게 말해버렸는데요. 괜찮은 건가요?

"이렇게 작은 공인데, 처음해보는 제가 맞출 수 있어요?"

"처음엔 무리가 아닐까? 뭐, 해보면 익숙해지니까 괜찮아."

말하면서 선배가 안전 구역까지 물러났다. 야구의 스윙 도 그렇지만, 주변에 사람이 있을 때 휘두르면 위험하니까. 나는 등 뒤에 아무도 없는 것을 확실하게 확인하고 클럽을 휘둘렀다.

공기를 가르는 소리가 나면서 뜻밖에 무거운 클럽에 팔이 딸려가는 느낌이었다.

공에는 스치지도 않았다……

"헛스윙이네~."

"생각보다…… 어렵네요."

"그렇지는 않아. 잠깐 줘봐."

요미우리 선배에게 클럽을 건넸다. 공이 다시 자동으로 세팅된다. 클럽을 쥐고, 몇 번 스윙연습을 한다. 그리고 공 앞에 서서 힘껏 휘둘렀다.

파악, 하고 날카로운 소리가 나며 공을 때렸다.

동시에 영상 속에 비춰지고 있던 공이 땅바닥에 박아둔 거치대를 날리면서 하늘로 날아갔다. 궤도를 추적하는 선이 깔끔한 포물선을 그린다. 나이스 샷! 문자와 함께 하얀 볼이 잔디 위를 또르르 굴러가 멈췄다.

비거리가 표시된다.

"우햐아~, 잘 날아갔어. 후우~. 기·분·좋·아!"

그렇게 말하며, 골프 클럽을 마치 라이플처럼 겨누었다.

"그건 뭐가요?"

"옛날 영화에 있거든. 이야~. 꽤 날아갔네!"

선배가 기뻐하는 걸 보니 제법 좋은 숫자가 나온 모양이지만, 나는 그 숫자의 의미를 이해 못했다.

"이런 느낌이야. 간단하지?"

"전혀 안 그래 보이지만, 인간이 할 수 있다는 건 이해했어요."

그리고 나랑 선배는 10구씩 교대로 공을 때렸다.

처음에 나는 헛스윙을 하거나 엉뚱한 방향으로 공을 날리기만 했다. 그래도 요미우리 선배가 잘 가르치는 건지, 잠시 지나자 선배와 비슷하게 앞을 향해 공을 칠 수 있게 됐다.

"재능이 있는걸."

점점 익숙해지자 배팅 센터에서 볼을 앞으로 날리는 것처럼 상쾌함이 느껴졌다.

분명히 「기분이 좋다」. 선배처럼 화면에 나이스 샷! 의 문자가 표시되지는 않았지만.

이 사람, 왜 이렇게 잘 하지?

사실은 정말로 아저씨 아닐까?

"선배, 골프 연습 자주 해요?"

"응? 응~, 뭐 가끔."

"호오……."

"뜻밖이야?"

어떨까? 분명히 겉보기에는 검은 롱 헤어의 일본풍 미인이지만, 알맹이가 아저씨라는 건 아니까.

"뜻밖이라 해야 할지…… 납득이 되기도 하고."

"어떤 의미일까~?"

"선배는 제 안에서 일단 선배로 분류되거든요."

"너하고는 한 번쯤 내 성별에 대해 깊게 대화를 나눠봐야 한다고 확신했어."

"고교생을 심야에 골프 연습장 데리고 오는 게 여대생다운 행동이라고 납득할 수 있다면 개심할 수도 있지만요."

분명히 예쁜 사람이고, 재미있고, 대화는 즐겁다.

함께 있으면 분명히 행복한 시간을 보낼 수 있으리라.

나는 부 활동 같은 걸 한 적이 없지만, 아마도 부 활동 선배랑 놀러 다니면 이런 느낌일 거야.

같이 다니면 즐거운 상대라는 것도 틀림없다.

"우리 후배."

"네?"

"조금은 기분이 풀렸어?"

선배가 말하고, 씨익 웃음을 지었다.

그걸로 나는 드디어 요미우리 선배가 내가 고민하고 있다는 걸 깨닫고 기분 전환을 권해줬다는 걸 깨달았다.

"네. 재미있었어요."

"응. 잘됐어."

요미우리 선배가 내 어깨를 톡 두드렸다.

아아—.

정말 좋다.

이런 사람이.

진심으로 그렇게 생각하지만.

어디선가 누군가가 속삭인다.

그 여름, 그 순간에, 내 안에서 느껴진 그 감각— 그저 양손을 깍지 끼고 위로 뻗기만 한 그녀에게 느낀, 안타까움에 목 안쪽에서부터 외침이 용솟음치는 것 같은, 그 감정과는, 다르다.

1시간 정도 클럽을 휘두르자, 슬슬 팔이 피로해지고 나른해졌다.

헛스윙도 늘어나고 공도 제대로 날아가지 않게 되어, 어느 쪽이 먼저랄 것 없이 돌아가기로 했다.

이러다간 한밤중이 될 것 같았고, 내일은 삼자면담이니까.

"그 전에 잠깐 잠시 볼일 좀 보고 올게."

"그럼 도구 정리해둘게요."

"부탁해."

나는 사용한 도구를 정리하고 기다리기로 했다.

꽤 즐거웠다.

팔의 나른함을 느끼면서, 그렇게 생각했다.

아웃사이더란 자각이 있는 나로서는 골프가 밝은 빛의 세계에 속한 오락으로 생각되지만, 이런 시뮬레이션 게임 같은 거라면 재미있구나.

마루 말이 맞는 것 같다. 평소 별로 안 하는 것에 도전한다. 그것이 생각보다 기분 전환에 유용한 모양이다.

그런 생각을 하면서 기다리는데, 가게에 들어온 한 명의 인물이 내 눈길을 끌었다.

여자애다.

머리 모양에도 복장에도 딱히 화려한 부분은 없지만, 그 애에겐 가장 커다랗게 눈길을 끄는 특징이 있었다.

신장이, 상당히 크다.

"어라…… 저 애, 어디선가."

기억을 더듬어 떠올랐다.

하기 강습에서 옆자리였던 애다. 그렇다면, 그녀도 아마 나랑 같은 고등학교 2학년일 것이다.

그밖에 일행은 없는지, 그 애는 혼자 온 모양이다.

이렇게 늦은 시간에, 혼자서 골프를?

그녀는 방 안을 둘러보면서, 공을 칠 수 있는 장소를 찾는 모양이었다. 마침 나랑 요미우리 선배가 쓰던 부스가 빈 참이니까, 그녀는 똑바로 내 쪽을 향해 걸어왔다.

앞을 지나갈 때, 드디어 나를 깨달았다.

"당신……."

"우연이네요. 안녕하세요?"

나는 가볍게 고개를 숙여 인사했다.

"안녕하세요? 저기, 여름 방학 이후 처음이네요."

"그렇네요."

"……저기, 그 학원에 아직 다녀요?"

"네. 주말에만요."

이 정도는 개인정보에 속하지 않겠지. 애당초 학원에서 만났으니까.

"그렇네요. 저도 사실은 그 뒤에 계속 다니고 있어요."

나는 조금 놀랐다.

여름이 끝나고 그녀를 본 적이 없었으니까.

그렇게 말하자 그녀는 한 번 고개를 끄덕이고, 자기는 반대로 토, 일요일에는 수업을 안 듣는다고 대답했다. 주말은 교실에 사람이 많아서 빼곡하니까 싫고, 기본적으로 학원의 자습실을 쓴다고 했다.

"자습실을?"

"그래요. 개방돼 있어요. 저한테는 도서관보다 편리해서."

"그랬었구나……. 아아, 전 아사무라 유우타라고 해요."

"후지나미 카호(藤波夏帆)입니다. 서머에 세일을 쓰고 카호라고 읽습니다."

"세일?"

"판다는 뜻이 아니고 펼치는 세일이라고 말하면, 대개 한자까지 포함해서 한 번에 기억해주거든요."

"아아, 배의 돛이란 뜻이구나."

"봐요, 벌써 기억했죠?"

그녀는 생긋 웃었다.

"그러게."

내 이름은 「후지나미 서머세일입니다」라고 소개하면, 싫어도 기억하게 되리라. 겉모습은 얌전해 보이고 차분하지만, 꽤 커뮤니케이션 스킬이 뛰어난 보이는 아이라고 느껴졌다.

그녀는 높은 키를 굽히면서 「잘 부탁해요」라고 인사를 했다.

급하게 그녀를 따라 인사를 했다.

그런 대화를 하고 있는데, 마침 요미우리 선배가 돌아왔다.

"아, 데이트 중이었나요."

후지나미 양이 나랑 시선을 주고받는 선배를 보고 말했다.

나는 황급히 고개를 옆으로 저었다.

"아니아니, 알바 선배야. 그런 사이는 아냐."

"그런가요. 아, 그럼 이만."

가볍게 고개를 숙이고, 나랑 요미우리 선배가 쓰던 부스에 들어갔다.

나도 가볍게 고개를 숙였다.

고개를 들자, 요미우리 선배가 눈앞까지 돌아와 있었다.

"우리 후배, 뗵이야."

"어서 오세요, 선배."

"어딜 뻔뻔한 표정을 짓고 있는 걸까? 지금 걔 누구야?!

데이트 중에 다른 애를 꼬시다니, 너무하지 않아?"

"어, 아, 죄송합니다……."

선배는 데이트라고 말하지만, 그걸 진지하게 받을 정도로 나는 나 자신을 신용하지 않는다. 고교생 남자는 여대생이 보기에 귀여운 후배 이상의 무엇도 아닐 테니까.

이렇게 놀리는 것이 그 증거다.

순순히 사과하는 게 제일이다. 왜냐면, 뭐라 반론을 하려고 하면 요미우리 선배의 태클 스킬이 발동하여 나를 더더욱 놀릴 테니까.

"그렇게 간단히 사과하면 재미없어."

"재미있을 필요 없으니까요."

"뭐, 오늘은 시간도 늦었으니까, 이 정도로 봐줄게."

"단념할 테니까 봐주세요."

요미우리 선배가 웃으며 용서해 주었다.

계산을 마치고, 우리는 역으로 돌아갔다. 심야 영화 관람 때랑 마찬가지로 주차장이 보이는 장소까지 선배를 배웅하고, 나는 자전거를 타고 집에 돌아갔다.

더위도 한풀 꺾인 밤의 시부야를 달리면서, 나는 다시 마루의 말을 떠올렸다.

새로운 것을 해봐라, 라고 했지.

그러고 보니 기껏 학원에 다니고 있는데, 모든 시설을 이용하고 있진 않았다.

"학원의 자습실이라……."
맨션의 주륜장에 자전거를 세우면서 나는 생각했다.
다음에 한번 가볼까.

●9월 24일 (목요일) 아야세 사키

【잠깐 어디 들르고 돌아가니까, 늦을 것 같아—】

LINE의 메시지에 읽음 표시를 달까 말까로 어째서 나는 이렇게까지 고민하는 걸까…….

아사무라 군의 연락이 팝업 알림에 보인 순간, 내 심장 고동이 빨라졌다.

요미우리 선배다…….

한 줄 읽기만 하고도 알아 버렸다. 그 선배랑 놀다가 올 생각이다.

읽음 표시를 달아버리면 읽어버린 게 된다.

그것이, 선배와 놀고 돌아오는 것에 면죄부를 주는 것 같아서, 나는 아까부터 휴대전화 화면을 노려보면서 읽음 표시를 다는 게 맞을지 손가락이 방황하고 있었다.

참 바보 같은 일이다.

고등학교 2학년이나 된 오빠의 행동을 일일이 신경 쓰는 여동생이 어디 있어?

그래도 읽어 버리면, 「늦었네」라고 비꼬는 한 마디도 못할 것 같아 분하다. 「미안. 메시지 온 거 몰랐어」라는 변명도 못할 테니까.

"나는, 바보네."

애당초 그런 행동은 공평하지 않다. 내가 가장 싫어하는 행동인데.

질투란 감정은 어쩌면 인간의 지성을 초등학생 수준으로 저하시키는 게 아닐까?

이런 감정을 품는 건 잘못됐다. 나는 여동생이니까.

나는 테이블 위의 저녁을 둘러보고 한숨을 쉬었다.

더위를 먹어서 지친 것 같은 몸을 리프레시해주고 싶다. 그게 오늘 저녁 식사의 컨셉이었다.

메인은 키마 카레. 다시 말해서 다진 고기를 쓴 카레.

향신료로 생강과 마늘과 레드 페퍼, 그리고 쿠민이 들어 갔다. 이 쿠민이 은은한 매력을 더해준다. 누가 뭐래도 고대 이집트부터 쓰이던 유서 깊은 향의 원료다. 역사가 긴 만큼 미신 같은 것도 많다. 「연인의 마음이 바뀌는 것을 막기 위해 라이스 샤워에 쿠민을 섞는다」라는 문장을 인터넷으로 봤을 때, 「그러니까 해충 방지라는 건가?」라는 생각을 했던 기억도 있고.

데운 키마 카레에 숟가락을 넣었다. 피어오르는 향이 벌써 너무 자극적이라, 눈을 깜박였다. 한 입 먹었다.

"매워⋯⋯."

매운 걸 그리 잘 먹지도 못하는데, 뭐 하는 거지?

눈물이 나왔다. 매워서.

정말로 나는 뭐 하는 거지?

마음속이 엉망진창이 될 것 같아.

오늘, 학교에서 마아야랑 한 대화가 떠올랐다.

『어째서 마아야는 언제나 태평할 수 있어? 고민이라든가, 그런 건 어떻게 잊어?』

진심으로 고민이 없는 사람은 없다. 그렇기에, 어떻게 그것을 겉으로 드러내지 않을 수 있는지 물어봤다.

그랬더니 마아야가 한 대답은 참 단순했다.

『일단 해보는 거야!』

『뭐, 뭐를?』

『뭐든지 좋으니까, 새로운 거!』

마아야가 손가락을 하나 척 세우고, 그리고 또 하나를 세우며 덧붙였다.

『아니면, 그거지~. 지금까지 한 적 없는 걸 적극적으로 한다, 그것도 좋을지도~.』

마아야 말로는, 고민이란 것은 사고가 루프하고 있는 상태라고 한다. 걷지 않고 발만 구르고 있는 상태라고 할까.

『그러니까, 그럴 때는 억지로라도 앞을 향해 걸어가 버려!』

포지티브하며 건설적이다. 굉장하다고 순순히 생각했다.

나도 무심코 그렇다고 납득했다.

새로운 일, 이라.

나는 시간이 지나도록 이렇게 빙글빙글 생각이 맴도는

게 싫어.

마아야 말처럼, 이번 주말은 자신의 껍질을 깨는 걸 테마로 해봐야지.

그럼…… 이제 곧 새아버지가 돌아온다.

나는 벽에 걸린 시계를 봤다. 새아버지 몫은 슬슬 준비해도 좋을 것 같아.

샐러드를 그릇에 담고, 수프와 카레를 다시 데워두자.

늦어진다는 아사무라 군은 밥을 먹고 오는 걸까? LINE의 통지만 봐서는 알 수 없지만…… 본문에 적혀 있을까?

만약을 위해 저녁은 준비해 두자. 메모지에 평소처럼 메모를 남기고.

매우면 냉장고에 든 반숙 달걀을 섞어 드세요— 이런 주의사항을 남겨두고 방에 틀어박히자.

내일을 위해 예습을 해야지.

헤드폰에서 흘러나오는 음악으로 머리를 가득 채우고, 최근 조금 지지부진한 공부를 어떻게든 진행해야 한다.

그리고, 내일은 삼자면담이다.

●9월 25일 (금요일) 아사무라 유우타

　금요일. 나랑 아야세 양의 면담 당일이다.

　아침의 시작은 평소와 같아서, 나는 아야세 양과 함께 아침 식사를 테이블에 놓고 있었다.

　아버지는 이미 자리에 앉아 태블릿으로 뉴스를 읽고 있었다.

　"여기요. 새아버지, 된장국."

　"고마워, 사키."

　아버지가 기뻐하면서 그릇을 받은 참에, 현관문이 열리는 소리가 났다.

　"다녀왔어~."

　거실에 있던 우리는, 아키코 씨의 목소리에 일제히 돌아보았다.

　"아아, 어서 와, 아키코 씨."

　맨 먼저 아버지가 대답했다. 우리도 약간 늦게 어서 오라고 말했다.

　"다녀왔어요, 타이치 씨."

　"수고했어. 밥은 어떡할 거야?"

　"먹을래요. 얼른 돌아와야 잘 시간을 확보할 수 있을 것 같아서, 안 먹고 왔어요."

"그렇구나. 하지만, 이제부터 자면 깰 수 있어?"

"깰 수 있……을 거예요. 저기, 마지막으로 시간을 확인하고 싶은데, 유우타, 사키."

그 말에 나와 아야세 양이 휴대전화를 꺼냈다. 등록해둔 예정을 확인했다.

"저는 16시 20분부터 20분간요."

"나는, 그 다음. 16시 40분부터 17시까지. 이동시간이 없지만, 우리 반은 바로 옆이니까 괜찮을 거야."

아키코 씨도 자기 휴대전화를 노려보면서, 나와 아야세 양이 전하는 시간을 복창했다.

"응. 괜찮아. 안 틀렸어. 맞아."

"하지만, 그 시간이면, 지금부터 자도 잠이 좀 부족할 것 같은데."

"학교까지 택시를 탈 생각이야. 그러니까 딱 16시까지 나가면 안 늦을 거라고 생각해. 일어나서, 샤워를 하고…… 식사 후에 양치하고 옷 갈아입고, 화장을 할 테니……. 음~. 아마 14시에 일어나면 괜찮을 거야."

"지금이, 7시니까 8시에 잠들면, 6시간은 잘 수 있구나. 하지만 평소보다 좀 적지 않을까?"

아버지가 말했다.

평소에는 저녁까지 자는 걸 생각하면 분명히 짧다.

"돌아와서 또 잘 수 있으니까. 오늘은 휴가도 냈고. 문제는 일어날 시간에 사키도 유우타도 집에 없다는 거네."

아키코 씨는 딱 잘라 말해서, 잠이 좀 많다.

"타이치 씨. 14시가 되면 노호의 모닝콜 부탁해요!"

아키코 씨가 손을 마주 대고 기도하듯 말했다.

"일하는데 폐가 되잖아, 엄마."

"하지마안~."

"아하하. 알았어. 맡겨둬, 아키코 씨. 그 정도라면 일에 방해되지는 않으니까. 어렵지 않지."

아키코 씨가 표정이 확 밝아지고, 아야세 양이 어깨를 으쓱거렸다.

아버지는 기본적으로 글러먹은 사람이라고 생각하지만, 이런 부분은 포용력이 있어서 어른이란 느낌이 들지.

아키코 씨가 밝아지긴 했지만, 금방 눈썹이 내려가면서 불안한 표정을 지었다.

"하지만, 정말로 괜찮을까? 일어날 수 있을까? 그리고, 선생님이 이상한 엄마라고 생각하지 않을까?"

"너를 이상하다고 말하는 사람이 어디 있겠어."

"저, 정말?"

아버지의 말에, 아키코 씨가 쑥스러운 미소를 지었다.

"정말이고말고."

아버지가 대답했다. 아니 그러고서 마주보지 마시고.

나랑 아야세 양도, 두 사람의 염장질에 내심 쓴웃음을

지으면서 「괜찮아요」 하고 격려했다.

"그보다도 엄마. 밥 먹을 거면 얼른 자리에 앉아. 그런데 서 있으면 방해되니까."

"네에."

"새아버지는 시간, 괜찮으세요?"

아버지는 아야세 양의 말에 벽시계를 보았다.

"어이쿠…… 이제 그만 안 나가면 위험하네. 고마워."

화장을 지우러 세면장으로 사라지는 아키코 씨의 등을 배웅하면서, 아버지는 가방을 잡고 일어섰다.

"그럼 아키코 씨를 잘 부탁한다."

나랑 아야세 양은 나란히 고개를 끄덕였지만.

아니, 잘 부탁하는 건 이쪽 아냐?

아키코 씨가 거실로 돌아왔다. 그대로 자리에 앉아서 눈앞에 준비된 아침 식사를 먹기 시작했다.

"엄마. 점심에 일어나면 식사는 어떡할 거야? 카레 남은 거라면 얼려뒀는데."

매우니까 눈이 뜨일 거야. 아야세 양이 말했다.

"그 다음에 선생님이랑 만날 걸 생각하면 너무 스파이시한 건 먹고 싶지가 않아. 아침 식사 남은 걸 먹을게. 그리고, 달걀 하나 정도는 아직 있지?"

"뭐…… 있어."

"어떻게든 할 테니까, 그보다 너도 이제 그만 학교 갈 시간이지?"

분명 평소 아야세 양이 집을 나서는 시간이었다.

"유우타도 정리는 안 해도 돼. 다 먹으면 내가 할게."

"알았어요. 고맙습니다."

평소처럼 아야세 양이 먼저 집을 나서고, 나도 조금 늦게 가방을 집었다.

"자, 저녁 때 일어날 수 있게, 기합을 넣고 자야지~."

신발을 신고 집을 나설 때 뒤에서 아키코 씨의 목소리가 들렸다.

4교시 끝을 알리는 종소리가 울렸다.

오후부터는 삼자면담이지만, 내 차례까지는 아직 네 시간쯤 남았다.

마루와 도시락을 먹으면서, 나는 면담까지 시간을 어떻게 때울까 생각했다.

"그럼 내일 보자, 아사무라."

"그래, 내일 봐!"

먼저 다 먹은 마루가 가방을 들고 교실을 뛰쳐나갔다. 누가 뭐래도 연습에는 기겁할 정도로 성실하다니까.

필연적으로 나는 혼자가 되었다.

이럴 때 귀가부는 교내에서 시간을 때울 장소가 없다.

교실은 삼자면담에 쓰이니까.

도서관, 이라는 단어가 문득 머리에 떠올랐다. 애서가가 맨 먼저 떠올릴 법한 장소지만, 내가 읽는 책은 도서관에 없는 경우가 많다. 그래서 이용 빈도가 높지 않았다.

오랜만에 가볼까.

가방을 챙겨서 나는 도서관으로 갔다.

스이세이 고교의 도서관은 교사와 독립해서 존재한다. 교사 옆에 「도서관동」이라고 불리는 2층 건물이 있고, 연결 통로를 지나서 갈 수 있다. 1층은 음악실, 2층이 도서실이다. 그러면 「음악관동」이라도 되지 않을까 생각하는데, 아마도 뭔가 역사적인 유래가 있는 거겠지.

도서관동에 다가가자 1층의 음악실에서 브라스 밴드부의 연주가 들린다. 스이세이 고교의 삼자면담은 세 학년이 일제히 한다. 입시 명문답다고 할 수 있지만, 오후 수업이 세 학년 모두 없으니까, 평소보다 부 활동이 빠르게 시작된다. 그러고 보면 입시 명문답지 않은 것 같기도 하네.

계단을 올라 도서실의 문을 열었다.

실내에 한 걸음 들어서자, 오래된 책의 냄새가 코를 스친다. 진보쵸에 있는 것 같은 고서점에 들어갔을 때 느껴지는 독특한 냄새다. 손때가 묻은 오래된 책을 싫어해서 신간서적만 읽는 사람도 많지만, 나는 이 냄새를 결코 싫어하지 않는다.

인류가 이어온 지혜의 냄새니까.

실내의 사람들 출입은, 시험 전과 비교해서 그다지 많지 않았다. 둘러봤더니, 메워진 테이블은 3분의 1밖에 안 된다.

다만, 그 대신―.

"어라아? 무슨 일 있어?"

나라사카 마아야 양이 있었다.

"아니, 평범하게 시간 때우기로 왔어. 나 오늘 면담이거든."

"오~, 아사무라도?"

"그러면, 나라사카 양도?"

이리 오라고 손짓하기에, 나는 나라사카 양 옆에 앉았다. 거리를 두고 대화하면 목소리가 커지기만 하니까. 다행히 그녀가 앉아 있는 테이블에는 나라사카 양밖에 없고, 주변의 책장이 벽을 만들고 있었다.

"언제?"

"나는 16시 20분부터."

"오, 가깝다. 나는 바로 전이야. 16시부터~."

그렇군. 나랑 거의 같은 시간대라는 건, 나랑 똑같이 한가하단 거다.

그러나 그 시간대라면 아야세 양도 가까우니까, 같이 시간을 때워도 될 것 같은데.

물어보니, 아야세 양은 일단 집에 돌아간다고 하면서 학교에서 나갔다고 한다.

확실히 한 번 집에 돌아가서 다시 등교해도 충분히 안

늦는다. 나도 돌아갈 걸 그랬나.

지금부터 돌아가면…….

나는 시계를 찾아, 보이는 범위에 없기에 휴대전화를 꺼냈다. 아직 13시도 안 됐다. 어쩌지. 돌아갈까?

지금부터 돌아가면……. 아니, 그래도 집에는 아야세 양이 있어. 단 둘이 되는 건 어색하고, 라며 이런저런 생각을 하다 그제야 깨달았다. 아야세 양만 있는 게 아니고, 집에는 아키코 씨가 자고 있을 것이다. 게다가, 이제 슬슬 일어날 무렵.

동시에 아키코 씨의 오늘 아침 말도 떠올렸다.

『문제는 일어날 시간에 사키도 유우타도 집에 없다는 거네.』

혹시, 아야세 양…….

"왜 그래? 아사무라, 심각한 기색으로 눈썹을 찌푸리네~."

"아, 아니 아무것도 아냐."

그러나 지금 나까지 집에 돌아가면 시끄러워서 아키코 씨의 수면 시간을 깎아낼 지도 모르잖아.

"그렇게 삼자면담이 걱정돼?"

"그쪽은 그렇게 걱정되는 건, 아니—."

무심코 고민하는 게 있다고 자백할 참이었다. 이건 혹시 고도의 유도심문이었나?

"—그보다도, 그 시간이라면 나라사카 양도 잠시 집에

돌아갈 수 있지 않아?"

"그게~. 오늘 정도는 동생들 챙기는 거에서 해방될까 해서, 그냥."

웃으면서 말했다.

듣자니 어머니가 면담을 위해 휴가를 내고, 더욱이 나라사카 양도 어머니도 집에 없는 사이에, 할머니가 집에 와서 동생들을 챙겨준다는 모양이다.

"힘들겠다."

"귀엽기는 귀여워. 하지만, 가끔은 푹 쉬고 싶어지는 거지."

그런 것보다. 나라사카 양이 목소리를 조금만 낮췄다.

책상에 볼을 찰싹 붙이고서, 이쪽을 올려다 보았다.

"아사무라는 사키를 좋아하는 거 아냐?"

"아니야."

즉답한 것이 오히려 안 좋았을지도 모른다. 나라사카 양이란 사람은, 설탕과자 같은 외모로 묘하게 감이 날카로우니까.

"정말로~?"

"나라사카 양은 알잖아. 나랑 아야세 양은 남매라고. 그럴 리 없지."

"하지만~."

"뭐가?"

"그런데 아직도『아야세 양』이잖아."

뜨끔. 심장이 한 번이지만 엄청 뛰었다. 그쪽인가.

빙글. 이번엔 책상에 이마를 붙이고서 말했다.

"남매라고 해도 말이지. 의붓 남매잖아. 게다가 남매가 된 지 얼마 안 됐고. 거의 타인 같은 거니까. 내가 보기에, 둘 다 서로를 좋아하는 사이 같은데 말이야~."

책상을 향해서 마치 혼잣말처럼 말했다.

"그런 거 아냐."

"흐음~. 내가 잘못 봤나~."

음냐음냐. 아직 뭔가 책상을 향해서 중얼거리고 있지만, 그 자세면 이마가 아프지 않을까?

그러다 갑자기 벌떡 고개를 들더니, 나라사카 양은 팔을 천장을 향해 쭉 뻗고서 응~ 하며 기지개를 켰다.

"그렇구나~. 그러면 다른 애 응원해도 돼?"

"응?"

"그러니까. 사키를 좋아하는 남자애가 있으면, 그쪽을 응원해도 되냐는 거야."

그렇다면, 그런 녀석이 혹시 있는 건가?

"그건 내가 허가할 건 아니잖아."

"흐~음. 그~래. 흐~음."

나라사카 양이 팔짱을 끼고서, 그~래와 흐~음을 몇 번 인가 반복했다.

이래저래 생각이 있는 것 같은 그녀를 그대로 두고, 나는 시간 때우기를 위한 책을 찾아 다녔다. 아직 세 시간 이상 남아 있으니, 얇은 책이라면 두 권은 읽을 수 있겠어.

이것저것 찾고 있는데, 옛날에 나온 해외문학 문고본을 몇 갠가 발견했다.

슈토름의 『임멘 호수』, 142페이지.

입센의 『인형의 집』, 148페이지.

이게 좋겠어.

책장에서 뽑은 나는 테이블로 돌아갔다.

나라사카 양이 없어졌지만, 가방은 그대로 있으니까 나랑 마찬가지로 책을 물색하러 간 거겠지. 책을 읽기 시작했더니, 어느샌가 돌아온 나라사카 양도 내 옆에서 읽기 시작했다.

대화는 거의 없고, 그저 묵묵히 우리는 옆에 나란히 앉아 책을 읽었다.

"먼저 갈게~."

문득 깨닫자, 나라사카 양이 가방을 들고 일어서 가려는 참이었다.

아무래도 면담 시간이 된 모양이다.

그렇다면, 나는 앞으로 20분 뒤다.

남은 몇 페이지를 단숨에 읽고, 나도 일어섰다.

그 타이밍에 무음 모드로 해둔 휴대전화가 진동했다.

아키코 씨의 LINE 메시지가 와 있었다. 이제 곧 도착한다는 내용이 적혀 있고, 승강구에서 만나자고 했다. 책을 반납하고 도서관동을 떠났다.

정확히 16시 10분에 아키코 씨가 승강구에 나타났다.

"기다렸지, 유우타."

"저도 지금 왔어요."

나타난 새어머니는, 일하러 갈 때랑은 다른 빈틈없는 양복 차림이었다.

위에 걸친 것은 단색의 재킷. 안에 입은 것은 U넥의 셔츠고, 평소에는 스커트를 자주 입으시지만 오늘은 남색 바지를 착용했다. 한쪽 팔에 투톤 컬러의 가방을 들고 있었다.

오피스 캐주얼 복장이라는 느낌. 너무 딱딱하지 않고, 그렇지만 성실함도 드러난다.

이런 모습의 아키코 씨는 처음 봤어.

면담 방문자용으로 준비된 슬리퍼를 내밀자, 아키코 씨가 고맙다고 하면서 갈아 신었다.

"안내해줄래?"

"이쪽이에요."

내 교실과 아야세 양의 교실은 건물의 2층에 있다. 계단으로 유도하여, 나는 가볍게 학교 안을 설명하면서 선도했다.

"유우타랑 사키는 서로 옆 반이구나."

"네."

"가족이 되기 전에 둘이 정말로 만난 적 없어? 바로 옆이면 스쳐 지나갔어도 이상하지 않잖아."

"있기는 했을 텐데요……."

체육 수업이나 복도를 걷고 있을 때 등, 스쳐 지나갈 타이밍은 여러 번 있었을 거다.

"……근데, 기억에는 없어요."

"어머나, 신사네. 귀여운 애한테 눈길을 빼앗기지 않는구나."

"그런 건 조심스럽죠. 보기만 해도 성희롱이 될 수 있는 시대니까요."

"너무 신경 쓰는걸. 흑심이 없으면 신경 안 써."

"흑심의 유무를 정확하게 읽어낼 수 있는 건가요?"

"물론."

"단언하시는군요."

아무리 생각해도 증명할 수 없는 것을 이렇게 간단하게 잘라 말한다. 이런 구석은 아야세 양하고 전혀 다르다고 생각한다.

언동은 대충인데 무책임함이 전혀 느껴지지 않는 것은 아키코 씨의 인간성 덕분일까? 혹시 그녀라면 정말로 읽어내는 게 아닌가, 하고 한순간이나마 믿어버릴 것 같았다.

"단언해도 돼~. 만약 틀렸다면 『미안해요』 하면 되는 거니까."

"굳세네요⋯⋯."

마음속으로 믿을뻔했는데 곧장 이렇게 장난기 어린 말을 한다.

정말이지⋯⋯. 평소와 다른 빈틈없는 양복 차림이 울겠어.

하지만, 나는 그렇게 싫은 기분이 안 들었다.

불과 몇 개월 전까지 타인이었던 여성과 어머니로서 학교에서 만나는 건 이상하다고 느껴지지만, 학교에서도 집과 마찬가지로 조금 나사 빠진 부분을 보여주는 아키코 씨의 모습에 안도를 느껴버렸다.

내 친어머니는, 집과 학교에서 마치 다른 사람처럼 태도를 바꾸는 사람이었다.

솔직히 말해서, 초등학생인 나는 그런 그 사람을 기분 나쁘게 느끼고 있었다. 물론 그 사람은 그 사람대로 그렇게 되어 버린 이유가 뭔가 있을지도 모른다. 하지만 나는 때와 장소를 구분하는 것 이상의 변화를 보이는 사람을 별로 신용 하지 않는다.

아키코 씨의 통상운전에 나는 조금 안심하게 됐다.

"아, 여기에요."

"응. 고마워, 유우타. 나 열심히 할게."

삼자면담에 열심히 할 요소가 없는 것 같기도 한데⋯⋯ 뭐 됐어.

시간을 확인하고 문을 노크했다.

담임의 대답을 기다려, 나는 교실 문을 열었다.

"안녕하세요? 여기 앉으시죠."

선생님의 말을 따라, 나랑 아키코 씨는 선생님과 책상을 끼고 마주 앉는 형태로 앉았다.

삼자면담 자체는 중학교 때도 있었고, 이곳에서 1학년 때도 했으니까 첫 체험인 건 아니다. 하지만 나는 어머니와 함께 이런 장소에 있는 건 처음이라서, 어쩐지 긴장하게 된다.

진로조사 용지의 내용을 기반으로 하면서 담임이 대략적으로 나에 대한 개관을 설명했다.

담임은 이렇다 할 특징이 없는 남성 교사인데, 이름 또한 스즈키라는 일본에 몇 명 있는지도 알 수 없을 만큼 흔한 것이었다. 참고로 아야세 양의 담임은, 여성 교사이며 이름이 또 흔해빠진 사토란 이름이었다.

이건 아야세 양이랑 삼자면담 사전 의논을 했을 때도 나온 화제. 일본 탑3의 이름이니까 확률적으로 이상하지는 않겠지만, 그래도 묘한 우연이라면서 둘이 잠시 웃었지.

"그래서—."

담임의 말에 제정신을 차렸다.

자신에 대한 담임의 평가는 그다지 듣고 싶지 않으니까 흘려듣고 있었는데, 아무래도 메인인 진로에 관한 화제로 들어가는 모양이다.

"유우타 말입니다만, 이대로 계속 노력하면 도내의 유명 대학도 합격할 가능성이 있다고 생각합니다."

생각 외의 고평가다.

자연스럽게 옆을 살피자, 아키코 씨의 볼이 느슨해져 있었다. 기쁜가 보다.

그렇지만, 그 표정도 다음 순간에 얼어붙었다.

"이것도, 어머님의 교육이 좋아서―."

그렇게 정형문으로 칭찬하려던 스즈키 교사가, 최근에 재혼했다는 사실을 중간에 깨닫고 말을 멈춰버렸다.

나는 빠르게 끼어들어 말했다.

"네. 어머니한테는, 정말 감사하고 있어요."

담임의 얼굴을 똑바로 보면서 잘라 말했으니, 나는 아키코 씨의 표정을 보고 있지는 않았다.

시야 끄트머리에 보인 아키코 씨는, 놀라서 눈을 크게 뜨고 있었지만.

담임은 이후 조금 더듬거리면서도, 이대로 공부를 계속하면 지망 대학 합격은 보증할 수 있다고 같은 말을 반복해서 마무리를 지었다.

감사 인사를 하고, 나랑 아키코 씨는 교실을 나섰다.

다음 면담자의 부모님이 벌써 복도에서 기다리고 있었다. 우리와 교대하듯 교실로 들어가 문이 닫혔다.

생각보다 아슬아슬하게 시간을 써버렸다. 휴대전화의 시계를 보자 16시 38분. 앞으로 2분밖에 없다.

"아야세 양의 교실은 이쪽이에요."

"서둘러야지! 그리고, 방금은 고마워. 유우타. 유우타가 인정을 해줘서 기뻐. 눈시울이 뜨거워진다니까."

웃으면서 말하자 나도 마음이 따스해졌다. 내 말 하나로 이렇게 기뻐하는구나, 이 사람은.

"기뻐!"

"우왓…… 자, 잠깐만요. 팔은 잡지 말고요."

설마 끌어안을 줄은 몰랐다.

그래도 이 가까운 거리감을 마음 편하게 느끼는 자신에게 놀랐다.

나라는 인간은 아키코 씨에게 「아사무라 타이치의 아들」에 지나지 않는데, 이 사람은 처음부터 나를 가족으로 받아들여 줬구나, 라고 생각했다. 친어머니는 끌어안아준 기억 따위 없었다. 적어도 철이 든 뒤부터는 말이다. 그날의 울고 있던 어린 아사무라 유우타가 지금 드디어 웃게 된 느낌이었다.

아아, 아버지가 이 사람이랑 결혼해서 잘 됐다…….

조금 걸어간 곳, 복도에 설치된 의자에는 아무도 없었다. 의아해하고 있자니, 아야세 양이 승강구 쪽에서 걸어오는 참이었다.

아키코 씨가 말을 걸면서 총총 달려 다가갔다.

교실에 들어가려는 두 사람 옆을 지날 때, 아야세 양이 나를 돌아보았다.

한순간, 말문이 막혔다. 뭔가, 말을 걸어주는 편이 좋을까?

"삼자면담, 힘내."

무난한 말밖에 안 나왔다.

"응. 나중에 봐, 오빠."

그렇게 말하고, 아야세 양은 아키코 씨랑 같이 교실에 들어갔다.

자, 그럼—.

오늘 예정은 모두 끝나 버렸다. 알바도 없는 날이다.

"일단 돌아가서 쉴까……."

승강구를 향해 다시 걷기 시작했다. 그런데 복도 모퉁이를 돌아간 참에, 계단 앞에서 문득 누가 내게 말을 걸었다.

나는 고개를 들었다.

테니스복 차림의 남자가 라켓을 손에 든 채 서 있었다.

"아사무라, 였지?"

"……맞는데."

누구지? 어디서 본 얼굴인 것 같은데.

"기억 안 나? 신죠 케이스케, 인데."

이름을 듣고 생각났다.

"아아, 여름 방학 때."

"그래."

워터파크에 같이 갔던 멤버다. 아야세 양과 나라사카 양이랑 같은 반이다. 자기소개 때 특징적인 소개를 해준 나라사카 양 덕분에, 이름을 들으니 금방 생각났다.

"그게, 일단 사과부터 할게. 미안. 훔쳐볼 생각은 아니었는데."

"어?"

무슨 말인지 몰라 고개를 갸웃거렸다.

"사실은 다다음 삼자면담이 내 차례라서, 부 활동 도중에 빠져나왔어. 그랬더니—."

아~, 이거 혹시.

"아사무라랑 함께 교실에서 나온 어머님이 그대로 아야세 양이랑 합류하던데, 어떻게 된 거야?"

한순간, 알리고 싶지 않다고 생각해 버렸다.

그러나 동시에, 조금 전 아키코 씨가 기뻐하던 표정도 떠올랐다. 부정하는 것도 옳지 않은 기분이 들었다.

"우린 남매야. 떠벌리고 다닐 이야기도 아니지만."

"어? 하지만, 너는 아사무라고, 그녀는 그게……."

왜 성이 다른가, 라는 거겠지.

"부모님들끼리 재혼했거든."

"어어, 그러니까?"

"꽤 최근 일이야. 그래서 아야세 양은 간단히 말하면, 의붓 여동생, 이 되는 거지."

　입 밖에 낸 순간에 씁쓸함이 입안에 퍼졌다.

　"그렇구나, 나는 분명……."

　분명— 뭐라고 생각한 걸까?

　"그러면, 나는 이만 갈게."

　돌아가는 길.

　자전거를 타면서 나는…… 아키코 씨의 미소를 봤을 때 마음속에 퍼진 따스함과, 아야세 양을 여동생이라고 스스로 인정했을 때 입안에 퍼진 씁쓸함을, 교대로 되새기고 있었다.

●9월 25일 (금요일) 아야세 사키

승강구에서 마아야와 마주쳤다.

"사키~. 먼저 갈게~. 사키키킹~."

"……무슨 소리야. 그래서, 이제 가는 거야?"

"응. 아직 집에 가는 건 아냐~. 오늘은 조금 더 자유를 누리고 싶으니까."

아아, 그러고 보니 오늘은 동생들 돌보지 않아도 된다고 했었지. 그래서 면담이 끝나고 부모님이랑 같이 안 돌아갔구나.

"면담, 수고했어."

"사키는 이제부터지? 어머니, 벌써 오셨어?"

"왔어. 지금 아사무라 군 면담을 하고 있어."

그렇게 말하자, 마아야가 미묘한 표정을 지었다.

"아, 그러고 보니까, 기다리는 동안 아사무라랑 도서관에서 마주쳤어."

"그래?"

아사무라 군은 도서관에서 시간을 때웠구나. 정말로 책을 좋아하네.

"응. 아사무라, 책 읽는 거 빠르더라. 내가 절반밖에 못 읽었는데, 순식간에 두 권을 다 읽을 것 같았어. 빛의 속도로 읽고 있는 게 틀림없어!"

초속 30만 킬로미터로 읽는다는 건 뭘까? 알 수가 없어.

나는 쓴웃음을 지으며 「그래그래」 하고 대충 받아넘겼다.

"굉장하다니까."

"그래, 알았어."

마아야의 농담이라는 걸 알고 있어도, 아사무라 군을 굉장하다고 하면 그만 기뻐지니까 난처하다. 입가에 힘을 주기 힘들어.

"뭐, 그럼 갈게. 이제 슬슬 시간 됐지?"

퍼뜩 시간을 확인했더니, 벌써 예정 시간까지 5분도 안 남았다.

"그~러~면~, 또 봐~."

"응. 또 봐."

나는 서둘러 교실로 갔다.

여유가 있다고 생각해서 집에서 쉬고 있었는데, 이래 놓고 지각하면 창피하다.

엄마를 두들겨 깨워서 먼저 가도록 했는데 내가 늦으면 의미가 없어.

계단을 올라가 모퉁이를 돌았더니 아사무라 군이랑 엄마가 교실에서 나오는 게 보였다.

뭔가 얘기하고 있어. 무슨 이야기를 하는지는 안 들린다. 그래도, 엄마가 기쁜 표정인 걸 보고 나까지 기뻐졌다.

엄마가 저런 표정을 지을 때는, 진심으로 기쁨을 느낄 때다. 내가 스이세이 고교에 붙었을 때도 저런 표정으로 기뻐해준 것을 떠올렸다.

아사무라 군은 굉장해. 오빠가 된 게 아사무라 군이라 정말로 다행이야.

—아니, 근데. 엄마는 뭐 하는 거야. 왜 갑자기 아사무라 군을 끌어안아?

아무리 모자 사이라도 저건 과잉 스킨십 아닐까? 당황스 럽잖아. 하지만 그러고 보니 엄마는 나도 자주 끌어안는 걸 떠올렸다. 뭐, 모자 사이니까. 저 정도는 보통……일지 도 몰라.

나를 발견한 엄마가 총총 뛰어서 다가왔다.

『복도에선 뛰지 마세요!』라는 벽보를 보면서 나는 엄마 랑 합류했다.

삼자면담이 시작된 뒤 얼마 지나지 않아, 진로상담으로 들어가기 전에 서론으로 담임인 사토 교사가 말하기 시작 했다.

"솔직하게 말씀드리면, 1학기 때 저희는 따님— 사키를 조금 신경 쓰고 있었습니다."

사토 교사는 거침없이 말하는 타입의 베테랑 교사라서, 내 패션이나 소행에 대한 소문을 걱정했었다고 솔직히 말했다.

에둘러서 말하는 사람보다 나는 이렇게 확실히 말하는 타입을 좋아한다.

그렇지만, 엄마는 어떨까? 담임의 말을 들으면서, 나는 엄마의 얼굴을 힐끔 훔쳐보았다.

엄마는 등을 쭉 뻗은 자세로, 끼어들지 않고 사토 교사의 말을 듣고 있었다.

"그러나— 생각을 바꾸게 되었어요."

나는 무심코 고개를 들어 선생님을 보았다.

"요즘은 과제였던 국어의 성적도 오르고 있으며, 신경 쓰이는 소문도 안 들리게 됐습니다. 패션이 너무 화려한 것은, 일단 못을 박아둘 수밖에 없습니다만, 저 자신도 멋 부리고 싶은 마음은 이해가 됩니다."

엄마가 크게 고개를 끄덕였다.

"고교생으로서의 절도만 지켜주면 좋겠어요. 이건 진로 상담과 별개로 어머님도 지켜봐 주시면 좋겠습니다."

"딸은 제가 보고 있습니다."

딱 잘라 말하고, 엄마는 그 이상 아무 말도 하지 않았다.

사토 교사는 엄마의 눈을 바라보고, 작게 고개를 끄덕이 더니 진로조사 용지를 펼쳤다.

"그러면 지금부터는 사키의 지망 대학에 대해서입니다만."

1학기의 성적에 대해서도 언급하고, 국어 성적이 얼마나

오르는가에 달렸다고 하면서, 사토 교사는 이대로 계속 노력하면 희망하는 대학 레벨을 더 올릴 수 있을 거라고 했다. 누구든지 아는 유명 대학의 이름을 한두 개 꼽았다.

"진로의 선택은 딸에게 맡기고 있어요."

말하면서 엄마가 나에게 이야기를 재촉하는 시선을 보냈다.

사토 교사도 나를 보았다. 조금, 긴장된다.

"저는…… 학비가 싸고 취업할 때 우위에 설 수 있는 대학을 희망해요."

엄마가 그거면 되니? 하는 눈으로 보지만, 이건 내가 양보할 수 없는 중요한 희망이었다. 나에게 학문으로 출세하고 싶은 욕망이 있다면 달랐겠지. 하지만 지금 나는 당장하고 싶은 일이 있는 게 아니다.

그러니까 나는 엄마를 고생시키면서까지 학비가 높은 일류대학에 가고 싶은 생각은 없었다. 다만 그 뒤의 취직을 생각해서, 대학이라면 어디든지 좋은 것도 아니다.

사토 교사는 들고 있던 펜의 머리 부분으로 톡톡 책상을 두드리더니, 「그러면」 하고 말했다.

"츠키노미야 여자 대학은 어떨까?"

"아, 츠키노미야인가요?"

츠키노미야 여대는 도내에 있는 명문 여자 대학이다. 이름을 모르는 사람이 없는 유명 대학이며, 솔직히 나는 조

●9월 25일 (금요일) 아야세 사키 139

금 버겁다고 생각했었다.

"지금의 사키라면, 노력하면 노릴 수 있다고 생각해요. 그곳은 학벌도 강해서 취직에 유리하고, 국립대학이니까 학비도 저렴하고, 변제할 필요 없는 장학금이나 그게 아니라도 무이자 제1종 장학금을 타면, 네 희망에 맞지 않을까?"

"그건…… 생각한 적이 없었어요."

아무리 그래도 츠키노미야 여대를 노리란 말을 들을 줄은 몰랐다.

담임인 사토 선생님은 입가를 끌어올리며 가볍게 웃음을 만들더니, 마침 이번 주말에 오픈 캠퍼스가 있으니 가보면 어떻냐고 말했다.

"오픈 캠퍼스……."

"대학이란 곳이 어떤 장소인지, 스스로 확인해보면 좋을 거야."

"그렇, 네요."

주말 이틀이라면, 하루 정도는 갈 수 있을 거야.

『그러니까, 그럴 때는 억지로라도 앞을 향해 걸어가 버려!』

마아야의 말이 머릿속에서 진군 나팔처럼 울려 퍼졌다.

뭔가 새로운 일을. 적극적으로.

아사무라 군에 대한 감정을 잊기 위해서도, 자신의 인생을 보다 나은 것으로 하기 위해서도.

내일이다. 내일, 오픈 캠퍼스에 가봐야지.

삼자면담을 마치고 교실을 나섰을 때, 나는 그렇게 결심했다.

"오히려, 얘는 너무 절도를 너무 지키려다가 폭주할 거라고 생각하는데……."

돌아갈 때, 엄마가 조용히 중얼거린 말은 안 들은 걸로 했다.

●9월 26일 (토요일) 아야세 사키

　츠키노미야 여자 대학은 야마노테선 안쪽에 있었다.

　시부야 역에서 야마노테선으로 빙 돌아 북쪽(야마노테선 식으로 말하자면 바깥)으로 가서, 이케부쿠로 역에서 내린다. 거기서 민영선으로 두 역 정도, 마지막엔 걷는다.

　가장 가까운 역에서 내려 길을 걸어 정문에 도착했다.

　"넓어……."

　솔직한 감상으로 일단 나온 것이 캠퍼스의 크기였다.

　부지의 벽 안쪽에 대체 몇 개의 건물이 있는 건가 싶었다. 도심인데 이 정도 넓은 토지를 어떻게 확보한 걸까? 역시 역사가 있는 국립대학이야.

　정문에서 똑바로 뻗은 길 좌우에 키가 큰 나무가 늘어서 있고, 그것에 대항하듯 네모난 건물이 늘어서 있다. 휴대 전화의 화면에 표시한 약도에 따르면 좌우의 건물은 대학에 부속된 초등학교와 고등학교라고 한다. 조금 떨어져서 중학교 건물도 있는 모양이다.

　말을 잃고 말았다. 설마 같은 부지 안에 초등학교부터 대학까지 전부 있다니.

　정문에서 흘러 들어가는 사람들의 파도를 타고 나는 대학의 구내로 들어섰다.

그건 그렇고, 오늘은 토요일이니까 수업이 없을 텐데. 이 인파는, 오픈 캠퍼스에 온 사람들, 이라는 게 되는…… 걸까?

문에서 들어간 다음 금방, 원색의 티셔츠를 입은 언니가 프로그램을 건넸다. 직원일까? 그렇겠지, 대학에 학생만 있으면 업무가 돌아가질 않으니까.

자세히 보니 걷고 있는 사람 중에는 명백하게 연상인 여성들도 있고, 뭣하면 더 높은 연배의 여성도 있다. 대학생이나, 직원일 거라고 생각했다.

멀리, 운동부가 내는지 기합이 들어간 소리가 바람을 타고 들린다. 교사의 창 너머에 사람들도 보인다. 대학에는 휴일이란 게 없는 걸까? 다들 그 정도로 성실하게 휴일을 반납하고 대학에 다닌다는 걸까. 그럴 리는 없다고, 생각하는데.

돌바닥을 따라 안쪽을 향해 걸었다.

내 목적인 인문학부의 강의는 캠퍼스의 상당히 안쪽에 있는 건물에서 하고 있어서, 정면에 보이는 커다란 건물을 우회해서 가야 한다.

네모난 건물을 돌아서 가자, 오른편에 조금 솟아오른 안뜰 같은 곳이 있었다.

녹색 잔디가 예쁘다.

……누가 자고 있어.

믿을 수 없는 일이지만, 하얀 가운을 입은 여성이 잔디에 벌렁 드러누워 있었다. 아니아니, 거짓말이지. 아, 누가 왔어. ……혼나고 있네. 그야 그렇겠지. 아무리 햇볕이 따뜻하고 기분이 좋다고 해도 저건 좀…….

성실하게 다니기만 하는 게 아니라, 적당히 숨을 돌리기도 한다는 걸까?

뭐, 저 사람은 너무 돌리는 것 같지만.

대학은 여러 종류의 사람들이 있네.

건물의 입구에 서 있던 간판을 확인했다. 응, 여기다.

결심하고 들어가려는 참인데, 누가 이름을 부른 것 같았다. 아니 설마, 이런 곳에 아는 사람이 있을 리 없는데.

"사키 양! 와~! 우리 대학에 왔어?!"

어?

"요미우리 씨?"

알바 선배, 요미우리 시오리 씨였다. 게다가 접수처의 의자에 앉아 있었다.

그러면 설마…….

"이 대학에 다니고 있었나요?"

"응. 그렇게 되는 걸지도 모르지~."

관계자석에 앉아서 「걸지도 모르지」는 아니죠.

자세히 보니 학부마다 접수 장소가 다르다. 그녀가 앉아 있는 건 아무래도 인문계 학부 같았다.

"미리 말을 해줬으면 접대를 했을 텐데에."

"급하게 정했어요."

애당초, 나는 이 선배가 어느 대학에 다니는지 몰랐다. 말을 할 도리가 없잖아요.

"그렇구나~. 그러니까, 그래서, 여기 체험 강의를 들으러 온 거 맞지?"

"……네. 일단은."

찾아오는 다른 학생들에게 방해되지 않도록 길을 트면서 나는 대답했다.

사실은 특정한 학부를 목적으로 한 건 아니고, 그 자리의 분위기로 괜찮아 보이는 강의를 들을 생각이었는데, 일부러 말을 안 해도 되겠지.

그리고, 총명한 요미우리 씨가 소속되어 있는 학부라면 한 번 들어봐도 분명히 손해는 없을 거야.

"그러면, 아직 시간도 있으니까, 여기저기 안내해줄게."

"그건……. 괜찮을까요?"

접수처를 돌아보았다.

요미우리 씨가 앉아 있던 자리에는 벌써 다른 사람이 앉아 있어서, 오는 사람에게 전단지 같은 걸 나눠주고 있었다. 그녀는 내가 받지 않은 걸 깨닫고 「자」 하면서 건네줬다. 들여다보니, 오늘 강의의 개요가 적혀 있었다.

"시오리~. 방해되니까 일을 안 할 거면 저리 가, 훠이."

"네입! 감사~. 자, 안내해줄게."

"하지만……."

"어라. 요미우리 군, 아는 사이니?"

새로운 목소리에 나는 고개를 돌렸다.

명백하게 학생이 아닌 여성이 서 있었다.

대학의 선생님일까? 나이는 아마 20대 후반에서 30대 전반. 대학의 선생님이라면 실제 연령은 조금 더 위일지도 모르지만, 적어도 겉보기에는 그 정도다. 옅은 보라색 양복을 잘 소화해서 어른스러운 분위기였지만, 잠이 부족한 건지 눈가가 살짝 거뭇해서 미모를 반감시키고 있었다. 어라? 이 사람, 어디서 본 것 같은데.

머릿속에서 양복에 하얀 가운을 입혀봤다.

"아."

아까 잔디에 드러누워서 혼났던 사람이다.

"응?"

"어라아? 사키 양, 우리 선생님이랑 아는 사이야?"

"아, 아뇨. 저기…… 아까 잔디에서……."

드러누워 있던 사람이죠. 이건 아무래도 말할 수가 없었다. 그러나, 요미우리 씨는 내 짧은 말만 듣고도 이해한 모양이다.

"쿠도 선생님…… 또 그랬어요? 오늘은 외부에서 손님이 오니까 브랜드 양복 입고 오시지 않았어요? 양복이 울겠

어요…….”

“겉에 가운 걸치고 누웠어.”

“그런 문제가 아니고…….”

“무엇이 문제라고 정의하는가는 사람에 따라 달라. 인생은 짧다. 비싼 태그가 달린 옷을 잡스럽게 다루는 것의 옳고 그름을 따질 시간 따위 낭비란 생각밖에 안 드는걸. 그보다도 요미우리 군, 나는 거기 어여쁜 여성에 대해 알고 싶은데.”

요미우리 씨가 아직 뭐라고 말을 하려고 했지만, 그래도 모든 것을 포기한 자의 표정을 지으며 나를 소개해 주었다.

“……아야세, 사키입니다. 알바 후배요.”

“아야세입니다. 저기, 처음 뵙겠습니다.”

가볍게 인사를 하자, 연보라색 양복을 입은 그 여성은 「흠. 마침 잘됐군」 하고 작은 소리로 중얼거렸다. 마침 잘됐어?

“만나서 반가워, 사키 양. 나는 쿠도 에이하야. 이 대학에서 준교수로 윤리학 전반의 연구를 하고 있지. 그런데 보아하니 자네는 고교생인 것 같은데?”

“네. ……고2, 인데요.”

“응. 마침 잘 됐어. 멋지군. 정말이지 멋져. 진지하게 이야기를 하자면, 조금 물어보고 싶은 게 있었거든.”

술술 물 흐르듯 말이 나온다.

머리가 좋은 사람이구나. 그것만으로 알 수 있었다. 역시 대학의 교수님이야.

"네. 뭔가요?"

"자네는, 지금까지 몇 명이랑 해봤지?"

"네?"

말의 의미를 한순간 이해 못 했다……. 한다. 몇 명이랑? 한다고……? 어, 설마, 그런 뜻?

"저기, 말씀하시는 의미를……."

이해되지만, 이해하고 싶지가 않은데요.

"선생님! 초면인 미성년한테 뭘 물으시는 거예요!"

요미우리 씨가 감싸듯 내 앞에 서서 쿠도 준교수에게 대들었다.

"응?"

"이런 건 물어볼 게 아니잖아요."

"으응? 아니, 물론 알고 있어. 그러니까 여러모로 배려해서 일부러 은어를 썼는데. 흠. 그러나 생각해 보면 굳이 숨길만한 것도 아닐지 모르겠군. 이건 인류에게 보편적인 사상이니까. 언제나 생각하는 건데…… 나는 감춘다는 행위가, 겉으로 드러내는 것보다 훨씬 강조하는 인상을 주게 되어 버리는 것이 아닐까 생각하고 있어……. 아아, 그러니까 말이지. 자네는 지금까지 몇 명의 남성과 성교 경험이 — 아 물론 여성이라도 상관없는데 — 있지? 라는……."

"선생님?"

"응? 왜 그런 무서운 표정이지? 요미우리 군, 자네는 나처럼 만년 수면 부족의 흡혈귀 같다는 말을 안 듣고 있으니까 아름다움을 유지하게나. 잘 들어. 애당초 나로서는 현역 고교생에게 직접 이야기를 듣는 보기 드문 귀중한 기회이며, 이건 연구의 일환으로 말이지."

"피험자 본인의 동의가 필요하다는 건 학도로서 선생님에게 새삼 설명할 필요도 없는 일이겠죠?"

쿠도 준교수는 한순간 눈을 크게 뜨더니, 그 뒤에 씨익 웃음을 지었다.

"흐음. 오늘은 날카로운걸, 요미우리 군. 좋은 지적이야."

"칭찬 감사합니다."

"그렇군. 그러니까, 사키 양. 아니, 아야세 군이라고 부르는 편이 좋을까?"

"아, 어느 쪽이든……."

"그러면, 사키 양. 결정됐어. 그게 훨씬 귀여워."

그렇게 정색하고 말하니까 이해가 어려운 사람이었다. 대학의 선생님이라는 건, 다들 이런 별종인 걸까?

"나는, 주로 남녀관계나 가족관계에 연관된 윤리의 연구를 하고 있거든."

"가족관계……."

"그래. 윤리라는 것은 사전적으로 말하면, 도덕이나 인간 생활의 질서…… 다시 말해서 사회 규범이라는 거야. 그래서, 나는 그걸 연구하고 있어."

"그런 걸 연구할 수 있는 건가요?"

"물론 할 수 있지. 잘 듣게. 사회라는 것 안에는 갖가지 윤리가 설계되어 있어. 이런 일을 하는 것이 바람직하다든 가. 이것을 해서는 안 된다 ― 이른바 금기란 거지 ― 라거 나. 하지만, 이건 애당초 만고불변의 법칙이 아니야. 예를 들어, 그렇군…… 오빠와 여동생처럼 근친자끼리 사랑을 해선 안 된다, 같은 것도."

그런 말에 애당초 반응해선 안 되는 것이겠지만, 나는 자기 표정이 살짝 굳어진 것을 깨달았다.

"윤리라는 것은 과학이 아냐. 적어도 과학에 의해 성립 되는 것이 아니지."

"만들어진 이유는 그렇더라도, 연구에는 사이언스가 필 요하다고 생각하는데요."

"뭐, 그건 본론이 아니니까 다음에 의논을 해보자, 요미 우리 군. 여기서 중요한 것은 윤리라는 것이 필요에서 발 생한 것이라고 해도, 필요는 언제나 변화한다는 거야. 그 러나 사회에서 필요의 변화와 인지의 변화 사이에는 어긋 남이 있으며, 그에 따라서 우리들의 사회는……."

거기서 쿠도 준교수는 주변을 둘러보고 드디어 자기가 어디서 열변을 하고 있었는지 깨달은 모양이다.

"흠. 자네…… 사키 양, 시간이 있다면 잠깐 연구실에 와줄 수 있나?"

"또~오. 꼬시고 있네요."

요미우리 선배가 중얼거렸다.

다 들으라는 그녀의 중얼거림을 못 들은 척하면서 쿠도 준교수가 이어 말했다.

"사키 양. 자네, 지금 고민이 있지?"

뜨끔. 몸이 굳어졌다.

"그 고민에, 대답을 줄 수 있을지도 모르는데?"

"어, 저기……."

솔직히, 이 사람이 말하는 대답에 흥미가 솟았다. 유명 대학의 준교수를 맡을 정도로 머리가 좋은 사람이라면, 나에게 어떤 대답을 주는 것도 가능할 거라고 생각했다.

"조금만, 이라면."

"좋아, 결정됐군. 따라오게나."

"쿠도 선생님이 나쁜 생각을 불어넣으려고 해!"

"이봐. 오픈 캠퍼스에서 자기 자리를 벗어나면 안 되지."

그녀는 그렇게 말하고 따라오려는 요미우리 씨를 한마디해서 떼어냈다.

"원래 사키 양은 제가 안내를 하려고 했어요. 허가는 벌써 받아서—."

"연구실 리포트 마감 사흘 연장."

"──윽."

"아직 다 못 했지?"

"우우……."

"괜찮아. 늦지 않게 돌려줄 거야. 그럼, 그녀를 빌리지. 이쪽이야, 사키 양. 따라오게나. 자네도 대학의 연구실이 어떤 곳인지 보고 싶지?"

그렇게 말하고 앞서 걷기 시작한 윤리학 준교수 쿠도 에이하의 등을 나는 따라갔다.

"커피랑 홍차, 어느 쪽이 좋지?"

"아, 홍차요."

대답하면서 나는 안내 받은 방을 빙 둘러보았다.

가로세로가 각각 3~4미터 정도는 되어 보이지만, 실감으로는 절반쯤밖에 안 된다. 왜냐면 벽이 한 면 정도가 아니라 전부 책으로 덮여 있었으니까. 벽의 스틸 랙에만 있는 게 아니다. 책상이란 책상 위에는 책이 누워서 쌓여 있고, 거기에 더해 바닥에서도 책의 타워가 돋아 있었다. 그 사이를 통과해야 안쪽 책상에 도착할 수 있었다.

가장 안쪽에 있는 커다란 책상 주변만 공간이 탁 트여 있었다.

책상 앞에는 작은 로우 테이블과 마주 앉게 되어 있는 소파가 하나. 다시 말해서 여기가 손님을 위한 장소란 것이다.

　한쪽 소파에 앉으라고 권한 쿠도 선생님은 전기 주전자의 전원을 넣고, 선반에서 홍차의 포트와 컵을 두 개 꺼냈다. 찻잎이 든 캔을 퐁 하고 열었다.

　"닐기리 괜찮겠어?"

　"아, 네. 뭐든지— 닐기리, 인가요? 그렇게 좋은걸—."

　"오오, 알고 있구나?"

　"……일단은요."

　"알고 있는 걸 말해봐."

　말투가 학교의 선생님이구나, 하고 생각했다. 그리고 동시에 나는, 하지만 이렇게 물어보는 걸 고등학교까지의 선생님에게서 들어본 적이 없네. 라고도 생각했다.

　내가 아는 선생님 대부분은, 「정답」을 답하라고 물어보는 사람들뿐이었다.

　지금 내게 요구하는 것은 정답이 아니다. 내게 원하는 건, 내 지식을 나의 말로 전할 수 있는가, 였다.

　"남인도 쪽에서 수확되는 찻잎의 총칭이죠. 통칭이 『홍차의 블루마운틴』."

　"오오, 박식한걸."

　"인터넷으로 조사하면 알 수 있는 거니까요."

　"마셔본 적은?"

　"없어요."

커피의 블루마운틴이 고급품인 것처럼, 홍차의 블루마운틴 또한 고가다.

엄마랑 둘이서 살 때는 50봉에 5백 엔(다시 말해서 하나에 10엔이다)의 티백이라도 기꺼이 마신 몸이니까, 지식은 있어도 마셔본 경험은 없었다.

"그러면, 이게 『첫 경험』이라는 거군."

특정한 단어를 발음할 때만 괜히 끈적하네.

달칵 소리가 나면서 전기 주전자의 스위치가 꺼졌다. 끓인 물을 소량만 부어서, 포트를 데웠다.

또다시 스위치를 켜서 끓인다.

포트 쪽의 물을 컵에 따라 비우더니, 찻잎을 재빨리 포트에 넣고 뜨거운 물을 따른 뒤 뚜껑을 덮었다. 테이블 위에 있던 모래시계를 뒤집었다.

"물이 식지 않도록 가스레인지의 불 위에 주전자를 가까이 두고 곧장 포트에 따르라. 책에 따르면, 그렇게 말하지만 말이야. 유감이지만 이 방에는 가스레인지까지는 없어. 다소 물의 온도가 내려갈지도 모르지만 봐줘."

"괜찮아요."

그보다도 방에 가스레인지가 있으면 주전자까지 가져올 셈이었나요?

"이 홍차는 인도에 간 친구가 보내준 거야."

"여행인가요?"

"필드 워크지."

"일이군요."

"아니, 연구야. 그 친구는 연구자니까."

말하는 의미를 모르겠다. 연구자라는 직업이니까 연구가 일이 아닌가?

"아아, 그렇군. 응, 세간에서는 그렇게 되나. 나도 그렇지만, 아무래도 일을 하고 있다는 의식이 옅어서."

"그런가요? 저기, 그럼, 뭘 하는 건가요?"

"살아 있지."

네?

"적어도 나는 살아 있는 것뿐이야. 연구자라는 생물일 뿐이지."

"……차이를 모르겠어요."

"그렇겠지. 알아주는 사람이 적어서 설명하느라 꽤 고생하고 있어."

찻잎을 다 우려내고서, 컵 안의 물을 버리고 홍차를 따랐다.

하얀 컵에서 향이 피어올라 코끝에서 떠돌았다.

"유감이지만 오늘은 곁들일 과자가 없어. 평소에는 뭔가 준비를 해두는데. 다 떨어져서—."

"괜찮아요. 고맙습니다."

"뭐, 체험 강의까지 시간도 많이 없으니까."

서로 소파에 마주 앉아서, 잠시 홍차를 묵묵히 마셨다.

양손으로 컵을 감싸듯 들고, 붉은색의 차를 목 안으로 흘려 넣자, 에어컨이 켜진 방 안에서 식었던 몸이 은근하게 데워졌다. 위 부근에 따스함을 느끼고, 나는 호오 숨을 내쉬었다.

"사실은 자네에 대해 요미우리 군에게 들었어."

"저에 대해서?"

"정확하게는, 자네들에 대해, 로군. 그러니까…… 뭐라고 했더라."

"아사무라 군 말인가요?"

"아아, 아사무라 군이라고 하는군."

"으…… 몰랐던 건가요?"

"맞았어."

태연하게 미안한 기색도 없이 말했다.

다시 말해서 방금 잊은 것 같았던 대화는 아사무라 군의 이름을 알아내기 위한 시늉이었다는 거다.

완전히 걸려들었어.

"이름까지는 몰랐어. 전부터 알바 하는 곳에 재미있는 아이가 있다는 말만 들었지. 여름 즈음부터였던가? 그게 두 사람으로 늘었다는 이야기도. 그러나 이름은 가르쳐주지 않았어. 저래 보여도 요미우리 군은 개인정보 보호에 엄격하거든."

"그래 보여도, 라뇨…… 요미우리 선배는 평범하게 도덕 관념이 있는 훌륭한 분이라고 생각하는데요."

"오오, 선배라. 벌써 대학에 붙은 기분이라니. 꽤 강하게 나오는걸."

"……요미우리 씨."

나는 욱하면서 말을 고쳤다. 알바 이야기라는 걸 알고 있을 텐데 심술이네.

"하하. 무리는 안 해도 돼. 조금 심술을 부려본 것뿐이야. 이거 예상 이상으로 재미있군, 자네들은."

"아사무라 군하고도 만난 적이?"

"물론 없지. 그러나, 그 요미우리 군이 재미있다고 하잖아. 그중 한 명인 자네가 이 정도로 재미있으니까, 또 한쪽도 재미없을 리가 없지 않을까? 아사무라 군하고도 꼭 이야기를 해보고 싶군."

나는 입을 꾹 다물고 하다못해 저항을 어필했다. 어쩐지 모르게 이 사람과 아사무라 군이 만나는 게 싫다고 생각해 버렸다.

"그러면 본론에 들어가지."

"본론……인가요?"

쿠도 준교수의 얼굴이 괜히 놀란 표정을 지었다.

"무슨 말이야? 자네의 고민에 대답을 줄 수 있을지도 모른다고 했잖아."

"아아."

그러고 보니 그랬지.

"솔직하게 물어보는데, 자네는 아사무라 군을 좋아하게 된 거지? 그리고 그는, 세간의 일반적인 윤리에 비추어볼 때, 좋아하면 안 되는 상대야."

"왜 그렇게 생각하세요?"

"그렇게 묻는 걸 보니, 역시 그렇군."

"……저, 당신이 그다지 좋지 않아요."

"하하핫. 난 솔직한 아이를 좋아하지."

그렇게 웃고, 쿠도 준교수는 말을 이었다.

"아니, 알바하는 자네들의 모습에서 망상을 부풀려봤거든. 명백하게 서로에게 마음이 있어 보이는데 거리를 유지하고자 한다. 어째서지? 그렇게 생각했더니 금기에 저촉되기 때문이 아닐까? 싶은 거야. 예를 들어 의붓 남매 사이, 라거나."

정말로 솔직하다. 완전히 강속구 스트레이트라서 받아내느라 고생한다.

"일부러 의붓, 이라고 단정을 하는군요."

"피가 이어져 있다면 고민할 것도 없는 일이라고 생각했지. ……그래서, 아사무라 군을 좋아하는 거지?"

"……뭐, 좋은 오빠라고 생각해요."

"그런 좋아한다, 가 아냐. 연애 감정을 품고 있다. 라는 의미지."

"······오빠인데요?"

"그러나 남이지."

"의붓이라도, 오빠예요."

"3개월 전까지는 아니었지."

시기까지 알아냈어······. 적은 정보를 이리저리 기워서 정답에 이르다니, 역시 참 성가신 사람이야.

"하지만, 가족이니까. 그럴 리 없어요. 왜냐면, 엄마는 아사무라 군에게 의지를 받고, 아주 기뻐 보였어요. 분명 그건 아사무라 군이, 엄마가 사랑하는 새아버지의, 소중한 아이니까 그렇고."

"주변 이야기는 아무래도 좋아. 사키 양, 자네가 어떻게 생각하는가를 말해봐."

"제가······."

나는 망설였다. 이런 수상쩍은 사람한테 말을 해버려도 될까? 그리고 이 사람은 요미우리 씨의 선생님이야. 섣부른 말을 하면, 혹시, 요미우리 씨한테도 알려질지도―.

그렇게, 생각하는데.

"스스로도 모르겠어요. 하지만, 어쩐지 의식을 해버려서······."

깨닫고 보니 나는 지난 3개월 사이에 자신에게 일어난 변화에 대해 이야기하고 있었다.

한 차례 이야기를 마치고 남아 있는 닐기리에 입을 댔다. 홍차가 식어 쓴맛이 늘어난 것 같았다.

"이게, 연애 감정인 건지……."

"흠. 그렇군."

쿠도 준교수는 소파의 등받이에 몸을 기대더니, 약간 위로 고개를 들며 눈을 감았다.

양팔로 가슴 앞에 팔짱을 끼고 생각에 잠겼다. 오른손의 검지만 통통 움직여서 왼쪽 위팔을 두드렸다.

"흠."

눈을 뜨더니, 창밖을 보았다.

"착각, 이군."

조용히 말을 흘렸다.

……뭐?

"어떤, 뜻인가요?"

"그건 연애 감정 따위가 아냐, 라고 한다면?"

"그런……."

—일이, 있는 걸까? 이 괴로운 마음이, 착각?

"뭐, 진정해. 하나씩 생각을 해보지."

쿠도 준교수는 팔짱을 풀고, 그렇게 말하며 오른손의 손가락을 하나만 눈앞에 세웠다.

그리고 나에 대해 프로파일링을 시작했다.

쿠도 준교수는 먼저 내 외모와 내면에 대해서 지적했다.

"자네는 오늘 교복을 입고 왔는데."

"학교에서 그러는 게 좋다고 해서요."

스이세이는 교풍이 느슨하다고 알려져 있지만, 오픈 캠퍼스처럼 진학이나 취직 관련 행사에 참가할 경우는 드레스 코드를 지키라고 한다.

요컨대 양복이나 교복 둘 중 하나란 얘기고, 양복은 대개 없으니까 교복으로 가게 된다.

"평소 자네의 옷차림은 요미우리 군에게 들었어. 뭐라고 해야 할지…… 전투력이 높은 옷을 입고 있다면서?"

"네. 그렇죠."

이 사람은 패션은 전투력, 이라고 말하면 통하는구나. 마아야에게 말해도 좀처럼 이해를 받지 못하는데.

걔는 동생들 옷을 갈아 입히는 게 더 즐거워 보이니까.

"2회 공격은 할 수 있는지, 범위 공격이 가능한지는 모르겠다만."

"그 농담 유행하는 건가요?"

아사무라 군도 비슷한 말을 한 적이 있었지.

"뭐 그렇게 걸고 넘어지지 마. 아마도 대개의 눈에 그 패션은 노는 것처럼 보이겠지."

나는 쿠도 준교수의 말에, 어제 사토 담임이 한 말을 떠올렸다. 패션이 화려해서 걱정된다고 지적받은 참이었다.

분명히 주변 사람들은 나를 시부야에서 놀러 다닐 법한 사람, 이라고 생각하는 것 같아.

귀찮으니까 일일이 반론하지는 않았지만.

"그러나, 그 꾸밈은 연출이지?"

"연출……."

"주변에 자신의 패션 센스를 어필하고 있는 거란 의미야."

"아아……."

듣고 보니 그럴지도 모른다. 적어도 숨길 생각은 없었다.

공부만 잘 하고 꾸밀 줄 모른다—.

귀엽지만 알맹이가 비었다—.

둘 다 듣고 싶지 않았다. 어느 쪽이든 지고 싶지 않았다.

이건 아사무라 군에게도 전에 말한 적이 있지. 나는 자신을 키워준 엄마를 존경하고 있지만, 엄마의 외모나 학력만 보고서 존경할 가치가 없는 인물이라고 낙인을 찍는 사람은 잔뜩 있다.

그런 사람들의 입을 막아버리고 싶었다.

"자네 외견은 의식적으로 만들고 있는 거야."

"그렇네요."

"그리고 자네의 내면은…… 아직 2학년인데 레벨이 높은 국립대학의 오픈 캠퍼스에 오는 시점에서 꽤 성실한 쪽이란 걸 알 수 있지."

"삼자면담에서 권장을 받았어요."

"아니지. 내가 하려는 말은 그런 게 아냐. 자네가 외견으로 어필하고 있는 종류의 캐릭터는, 설령 학교의 선생님이 권한다고 해도, 여기까지 오지 않아."

그런 걸까? 뭔가…… 아닌 것 같기도 하다.

"그건 아니에요."

내가 반론하자, 쿠도 준교수가 한숨을 내쉬면서 참으로 재미있다는 표정을 지었다.

"그럼 반론을 해보게."

"저는 『놀고 있는 여자애』를 연출하고 있는 게 아니에요. 놀고 있는 것을 어필하는 게 아니고. 자신의 외견에 딱 맞는 『귀여움』이나 『예쁨』을 달성하는 게 가능하다고 주변에 알리고 싶은 것뿐이죠."

엄마처럼.

"좋아. 그래서?"

"여기에 온 것도, 성실한 인물이라서가 아니고, 『영리함』을 알리고 싶다. 그 일환입니다."

"자네는 이 오픈 캠퍼스에 오는 것을 일부러 주위에 선전했다는 건가?"

"아뇨. 그러지는 않았어요. 하지만 저는 여기에 오는 것으로 자신의 인생을 보다 좋게 만들 수 있다고 생각했어요. 저는 저 자신에게 그것을 증명하고 싶어요. 땡땡이치는 걸 아무도 눈치 못 챌지도 모르지만, 누가 보지 않더라도 저의 행동은 저 자신이 보고 있어요."

내가 딱 잘라 말하자, 쿠도 준교수는 가만히 내 눈을 보았다.

시선을 돌리면 지는 것 같아서 마주 노려보았다.

잠시 맞추고 있던 시선을 어느 쪽이랄 것 없이 돌리게 되자, 그녀는 남은 홍차를 들이키고 일어섰다.

"그렇군. 자네는 그 모순되게 보이는 외견과 내면을, 둘 다 자신의 의지로 만들어낸 거라고 하는 거군. 그러나, 그건 이렇게 말할 수도 있겠지?"

"뭔가요?"

"자네는 『타인에게 철저하게 약점을 보이고 싶지 않은 타입』이라고."

숨을 삼켰다.

"들어봐. 자네는 지금 참으로 중요한 말을 했어. 겉으로 보여주는 행동도, 내면에서 우러나온 행동도, 둘 다 같은 원리로 작동한다고. 그 키워드는 『지고 싶지 않다』지."

나는 아무 말 없이 묵묵히 다음 이야기를 기다렸다.

"자네는 24시간 싸우고 있는 거야. 그것도 혼자서. 밖에 나갈 때도, 집에 틀어박혀 있을 때도. 약점을 보이지 않는다. 지지 않는다. 그러나, 그런 타입일수록 사실은 애정이나 승인에 굶주려서, 조금 지탱해주면 금방 길이 들어버리지."

"길이 든다는 건……."

머릿속에서는, 꼬리를 흔들며 주인에게 뛰어드는 개의 영상이 반복되고 있었다.

나는 강아지인가.

주인의 얼굴이 아사무라 군이라는 건, 지금은 무시하자.

"이 연구를 하고 있으면 보게 되는 케이스가 있어."

"어떤 케이스인가요?"

"의붓 남매나 의붓 부녀 등, 갑자기 타인과 동거를 하게 되는 케이스다. 지금까지 이성의 승인에 굶주려 있던 인간이, 이성과 접할 기회가 늘어나면 연애 감정에 가까운 것을 품기 쉬워지지."

……내가, 그 케이스라고?

한순간에 머리가 확 끓어오를 것 같아서, 나는 심호흡을 하여 자신의 마음을 진정시켰다.

"반론입니다."

"해보게."

"그 원리로는, 성장에 이성의 승인이 불가결하며, 그것이 결핍되면 자연스러운 욕구 이상의 사소한 해프닝으로도 이성에게 특수한 감정을 품게 된다고 말하는 것처럼 들려요."

"무슨 문제 있나?"

계속 말해봐라. 그런 의미로 해석했다.

"그 전제는 애당초 올바른 건가요? 그렇지 않으면 그 논리는 현대에서 부적절하다고 생각합니다. 동성결혼이나 싱글 마더, 싱글 파더의 존재를 부정하는 일이 되기 때문입니다. 또한 역사적으로 봐도 남녀는 반드시 이성을 가까이 두고 자란다고 할 수 없어요."

"예를 들면?"

"남녀칠세부동석, 이라는 말이 있어요."

"아아, 있지. 낡아빠진 말이라고 생각한다만."

"하지만, 옛날에는 그렇게 생각하지 않았어요. 그러니까, 존재하는 게 아닐까요? 전원기숙사인 여고나…… **여자대학**이나."

"어이쿠."

한 방은 갚아준 걸까?

"말씀하시는 원리에 따르면, 그런 환경에서 자란 사람은 이성을 접하는 기회가 조금 늘어나기만 해도 상대에게 연애 감정을 품게 된다, 가 됩니다."

"그래그래. 그래서?"

즐거워 보이네.

"조금 전에도 말했지만, 논거가 되는 연구 결과를 가르쳐주세요. 그렇지 않으면 생각하는 것도 무의미한 것 같아요. 애당초 그건 제가 자란 환경을 부정하는 게 되니까요."

어머니가 혼자 키웠기 때문에 쉬운 여자가 됐습니다—라고 하면 가만히 입 다물고 있을 수는 없다.

"생물로서의 본능이 이성대로 작동한다고 장담할 수는 없을 텐데?"

"오히려 본능이 사회에 따르도록 하기 위해 이성이 있다고 생각합니다."

"그렇군. 그렇게 볼 수도 있어. 그래서?"

"성장 과정에서 적절한 이성의 승인이 없으면 연애 감정이 폭주한다, 라는 것도 논거가 없다면, 단순히 주장 중 하나에 지나지 않아요. 그건 요컨대 『아이들에게는 부모가 필요하다』라는 오랜 사회규범을 바꿔 말했을 뿐이죠. 찬성할 수 없어요."

"현대의 사회규범은 다르단 건가?"

"다르다고 저는 믿습니다."

"믿기만 해서는 아무것도 해결되지 않아."

"그러나, 생물에게 필수적인 환경이 만에 하나 있다고 해도, 본능에 따른 결과만 의지하는 건 이성과 지성의 패배 아닐까요. 그걸 달성할 수 있도록 사회의 규범을 다시 만들어야 하는 것이지, 관습적인 도덕을 무비판적으로 적용하는 건, 저기, 그러니까— 네 아이에게는 아버지가 필요하다고. 그런 문구를 생각 없이 외치는 것은— 하찮다고, 생각합니다."

도전하듯 말하자, 소파 뒤에 서서 양손을 등받이에 올리고 있던 쿠도 준교수가 크게 고개를 끄덕이고 말했다.

"다시 말해서, 그런 것을 생각하는 것이, 윤리학이야."

—윽!

온몸에서 단숨에 힘이 빠졌다.

그런 거구나.

"증거, 논거. 얼마든지 인용할 수 있지만 말이야. 그거야말로 생물학이나 심리학의 논문에서 인용하면, 방금 그 가설을 뒷받침하는 연구는 얼마든지 있어. —그러나 그건 어디까지나 커다란 분류의, 그래. 경향에 지나지 않아. 자네가 납득할 수 있는 대답도 알려주지 않아. 어디까지나 자네 마음의 문제는, 자네에게만 적용되는 거니까."

"……어쩐지 혼자서 놀아난 것 같은 기분인데요."

소파에 등을 기대고, 나는 해파리나 해삼이 된 것처럼 이완됐다. 천장을 올려다 보면서 한숨을 쉬었다.

"요미우리 선배는, 매일, 이런 걸 하는 건가요……?"

쿠도 준교수는 소파로 돌아와서 풀썩 앉았다 — 브랜드 양복에 주름이 질 것 같아서 신경 쓰인다 — 그리고「그 정도는 아냐」라고 말했다.

"고작해야, 주에 두세 번 정도겠지."

"……충분해요."

지쳤다. 정말 지쳤다. 이제 일주일 정도는 뭔가 생각하고 싶지 않아.

"선생님은 지치지 않나요……?"

"어떨까? 잘 모르겠군. 누가 뭐래도 나는, 생각하지 않는다, 라는 게 서투르거든. 이런 것을 계속 생각하고 있어. 잘 때 말고는 계속…… 뭐, 가끔 꿈속에서도 생각하는 경우가 있지만."

"쉬지 않는 건가요?"

"쉴 수가 없어. 몇 번인가 해보려고 한 적은 있었지만, 아무리 해봐도 못하겠더군. 내 사고가 멈출 때는, 아마도 죽을 때겠지."

헤엄치지 않으면 죽는 물고기 같다.

그렇구나. 「윤리학자로서 살아있을 뿐」이라는 말의 의미를 어쩐지 알 것 같았다.

"뭐, 이상의 의논을 고려하고서, 이건 노파심에서 충고를 하는 것인데."

"네에."

"자네는 그 아사무라란 친구를 좋아한다고 하지만, 애당초 자네는 그 녀석 말고 다른 남자의 깊은 퍼스널리티를 알지도 못하는 것 아닌가?"

"으…… 그건."

아사무라 군 말고 내가 아는 남성이라고는, 어린 시절 아버지의 흐릿한 기억과, 지난 3개월 정도 함께 산 새아버지 정도였다.

"거리가 가까운 이성이 우연히 한 명밖에 없으니까, 좋아하게 됐을 뿐이다. 그렇지 않다고 잘라 말할 수 있나?"

심술 궂은 질문이라 미안하군, 하고 쿠도 준교수가 덧붙였다. 지금까지의 대화로 생각하면, 이 사람이 사과의 말을 섞으면서 논하는 것이 뜻밖이었다.

"잘라 말할 수 있냐고 하면…… 물론 단언은 못 하지만요."

"그러면, 아직 젊으니까 다른 여러 사람들과 교류를 시험해보도록 해. 그러면 뜻밖에 그밖에 매력적인 남자가 있다는 걸 깨닫고, 그렇게 고민할 필요가 없어질지도 모르지 않나?"

"다른 사람, 말인가요?

"딱히 연인을 만들라는 건 아니야. 교류라고 했잖아. 시야가 좁은 건 어떤 일에서든 이성과 지성의 적이야."

"그건 그렇네요……. 동의해요."

"흘려들어도 괜찮지만. 이건 윤리학 선생으로서가 아니라, 인생의 선배로서 하는 어드바이스라는 거야."

다만, 하고 덧붙였다.

"다른 매력적인 남자와 교류를 해보고서도, 자신의 감정에 변화가 없다면, 그때는 그 진짜 감정을 소중히 여기도록 해."

그렇게 말하고 소파에서 일어나, 완전히 해파리가 된 나에게 손을 뻗었다. 벽시계를 힐끔 보자, 슬슬 강의가 시작될 시간이었다.

나에게 내민 손을 잡고 일어섰다.

"그래그래. 그런 식으로 솔직해지는 것도 중요해, 사키 양."

"······역시 이름이 아니라, 아야세라고 불러주시면 안될까요."

대단히 유감스런 표정을 지었다.

내 얼굴에서 피로가 보인 탓일까? 마중 나온 요미우리 씨가 아주 걱정을 해주고, 그다음에도 계속 평소처럼 후배 놀리기를 하지 않고 상냥하게 대해주었다.

오픈 캠퍼스의 윤리 강의는 참 재미있었다.

오빠와 여동생의 연애가 테마였다.

윤리라는 것은 시대에 따라 변한다는 것을 전제로 둔다.

의붓 남매의 연애가 용납되지 않는다고 느끼는 것은 어쩌다가 현재 사회 전체의 윤리가 그렇게 되어 있기 때문임에 지나지 않으며, 개인의 가치관하고는 상관이 없다고 단언했다.

사회 윤리는 언제나, 개인의 자유로운 의사결정에서 윤리가 깨질 때마다 나중에 갱신되는 것이라고.

그런 내용이었다.

논하는 것은 물론 쿠도 준교수.

교실 전방의 공간을 오른쪽 왼쪽으로 다니면서, 화이트보드에 키워드를 적으며 침을 튀기며 말했다.

마지막에 10분간 질의응답 시간이 있었지만, 아무도 손을 안 들었다.

유감스러운 표정을 지으면서도 쿠도 준교수는 퇴실했다.

기력과 체력이 남아 있었다면 몇 갠가 질문하고 싶었지만, 아무래도 너무 지쳤다.

언젠가— 멀지 않은 기회에 물어보고 싶다.

물어볼 수 있을 것 같았다.

일단 아사무라 군 말고 다른 사람들도, 똑바로 직시하자.

시야가 좁은 건 이성과 지성의 적— 나는 쿠도 준교수의 말을 곱씹으면서 집으로 돌아갔다.

역을 향해 걸어가는 내 등을 바람이 밀었다.

시원함이 느껴지는 가을의 바람이었다.

●9월 26일 (토요일) 아사무라 유우타

　아침 식사를 먹고 금방 집을 나서, 오모테산도를 자전거로 달렸다.

　아직 아침 9시인데 사람이 많고, 도로 옆의 보도를 보니 걷고 있는 사람들은 옆 사람과 어깨가 닿을 것 같았다.

　휴일의 오모테산도는 걸어 다닐 곳이 안 된다. 나는 스스로도 아싸다운 발상이라고 생각하면서 페달을 밟았다.

　바람 속에서 서서히 여름의 기척이 빠지고 있다. 햇살에 타오르는 아스팔트의 냄새도 느껴지지 않게 됐고, 피부를 이글이글 태우는 감각도 약하다. 이제 곧 가을이 온다.

　주륜장에 자전거를 세우고 학원 건물을 올려다 보았다.

　주말에만 다니기로 한지 슬슬 1개월이 됐다.

　하기 강습이 끝난 뒤 실력 테스트에서 명백하게 점수가 올랐으니까. 기왕이면 이대로 정식으로 다니고 싶다고 부모님에게 설명했다.

　거짓말은 아니다.

　그러나, 실제로는 가능한 다른 일에 몰두하여 아야세 양에게 품어 버린 마음을 떨쳐내고 싶다고 생각했기 때문이다. 알바비가 학비로 제법 사라지지만 어쩔 수 없다.

　그리고 현실도피도 끝까지 파고들면 커다란 성과를 내는

지, 요구 학력이 조금 높은 대학의 진학도 현실적인 선택지가 될 것 같았다.

그 부분은 요전의 삼자면담에서도 들었다.

건물 입구에 들어가서 금방, 나는 일단 멈췄다. 평소에는 이대로 수업을 받으러 갔었지만, 조금 생각하는 바가 있어서 나는 학원의 안내도를 보면서 교실이 아닌 다른 장소에 갔다.

『자습실』

문 위에 붙은 플레이트를 확인했다.

눈치 못 챘는데, 정말로 이런 교실도 있었구나.

조용히 문을 열었다.

죽 늘어선 책상에는 각각 칸막이가 있어서 집중을 방해하지 않는 구조였다. 다만, 공부하고 있는 사람은 그다지 많지 않았다.

뭐, 그건 이해할 수 있다. 학원은 강사의 수업을 들으러 오는 장소라고 생각해도 이상하지 않다. 자습을 하고 싶다면 도서관이나 카페에 가겠지. 그리고, 나처럼 애당초 자습실의 존재를 모르는 학생도 있을 것 같다.

안에 있는 학생들 가장 뒷줄에서 예상하고 있던 얼굴을 발견했다. 후지나미 서머세일 양, 아니지, 카호 양이다.

마침 그 줄이 비어 있다. 그렇군. 마지막 줄이라면 뒤에 학생이 없으니까 보다 집중할 수 있는 건가?

문득 고개를 든 후지나미 양이 나를 발견했다. 가볍게 고개를 숙여 인사하자, 후지나미 양은 말없이 손가락을 입술에 대었다. 자습실에서는 대화 엄금이라는 거군. 뭐, 소리를 낼 생각이 애초에 없다.

마지막 줄에 앉아서, 나는 그대로 가방에서 학용품을 꺼냈다. 그리고 후지나미 양하고는 딱히 대화도 안 하고(당연하지) 말없이 공부를 시작했다.

잠시 문제를 풀어보고, 나는 자습실의 쾌적함을 깨달았다.

에어컨이 켜져 있고, 좌우의 칸막이 덕분에 앞만 보이니까 집중력도 올라간다. 그리고 주위에 공부하는 사람들밖에 없으니까 자연스럽게 기합도 들어간다. 이런 부분은 누구나 들어올 수 있는 도서관이나 카페보다 좋은 점이군.

집중이 풀려서, 깨닫고 보니 점심이 지나 있었다.

배에서 작게 소리가 난다. 보아하니 주변 학생의 수도 줄어 있었다. 아무래도 식사를 하러 간 모양이다. 나는 책상 위를 정리하고, 편의점이라도 가서 점심을 사려고 자리에서 일어섰다.

후지나미 양도 나랑 거의 같은 타이밍에 자리에서 일어나, 이쪽으로 걸어왔다.

어라? 하고 생각했는데, 주변에 폐가 되면 안 되니까 자습실을 나설 때까지 입은 열지 않았다.

복도에 나와서 말을 걸었다.

"후지나미 양도 점심?"

"네. 그리고……."

"응?"

"일부러 이쪽으로 와서 앉았으니까, 뭔가 용건이 있는 걸까, 해서."

"아아, 그러니까―."

그런 마음도 없었던 건 아니다. 스크린 골프장에서 만났을 때부터, 한 번 더 이야기를 해보고 싶다고 생각했으니까. 하지만―.

"대단한 용건이 있는 것도 아니라서……."

"아, 그랬나요."

"……아, 그 전에 점심을 먹을 거면 서두르는 게 좋지 않을까?"

"저는 편의점에서 사 먹을 생각이었어요."

"나도 그런데."

"그러면 먼저 뭔가 사 오죠. 담화실에서 먹을 수 있어요."

"거기도 이용한 적이 없었네, 그러고 보니. 그럼 사러 가자."

"그렇네요."

후지나미 양에게 들은 바에 따르면, 담화실이라는 것은 학생이라면 누구나 쓸 수 있는 휴게실 같았다. 거기서 식사를 할 수도 있게 되어 있었다(다만, 주스는 OK지만, 라멘이나 우동 같은 국물, 냄새가 강한 것은 NG 라는 규정은 있다).

이른바 알바의 휴게실이랑 비슷한 거군.

학원 옆에 있는 편의점에서 먹을 것을 샀다. 나는 야채빵과 페트병에 든 차를 샀고, 후지나미 양은 한 번 주먹밥에 손을 뻗다 말고, 후르츠 샌드와 야채 주스를 샀다.

담화실에 들어가 어쩐지 자연스레 같은 테이블에 앉아, 나랑 후지나미 양은 식사를 하면서 대화를 시작했다.

나는 그녀와 이야기를 해보고 싶다고 생각했지만, 무슨 이야기를 하고 싶다는 구체적인 내용을 생각하고 있었던 게 아니다.

그래서 대화가 빠르게도 막혀버렸다.

"정말로 대단한 용건이 있었던 건 아니군요."

기가 막혀서 하는 말을 듣고 나는 조금 시무룩해졌다. 뭐, 그렇지. 스스로도 뭘 하는 건가 생각할 정도다.

"응. 뭐."

"거절하려고 생각했어요. 『저기, 학원은 공부하러 오는 것이니까, 그런 건……』이라고."

그러니까, 꼬실 목적으로 다가온 거라고 생각했구나.

"그런 건 아냐. 다만, 요전에 이야기를 해보고 조금 신경 쓰여서."

"그거, 전형적인 꼬시는 말이잖아요. 네가 신경 쓰인다는 거."

"……그런, 걸까?"

"네."

"그건 미안해. 기분 상했다면 사과할게. 미안."

나는 진지하게 고개를 숙였다.

"괜찮아요. 그런 게 아닌 것 같으니까. 뭐, 저로서는 그런 여자로 보이는 건 이제 싫어서."

"그런 여자……?"

"꼬시기 쉬운 여자라는 거요. 학교에 안 가니까 놀러 다니는 여자라고 보는 사람이 많아서. 뭐, 그렇게 틀린 것도 아니라 울고 싶어지네요."

"학교 안 다녀? 아, 미안. 기분 상했다면 사과할게."

"괜찮아요. 정확하게는, 낮에는 학교에 안 다닌다, 가 맞아요."

"낮에. 아아, 그러니까 시간제 학교?"

"활동 시간이 전일제랑 달라서, 모르는 사람은 안 다니는 것처럼 생각하거든요. 그래서, 아사무라 씨…… 시간제, 여자, 심야 시간 게임 센터에 출몰, 이라고 들으면, 어떻게 생각해요?"

어디서 들어본 말이군.

"시간제 학교에 다니는 여자가 심야에 게임 센터 온 거라고 생각하는데."

눈매가 게슴츠레해졌네.

"그거, 정말인가요? 특이한 녀석이나, 소행에 뭔가 문제가 있는 여자라고 인식하지 않아요? 놀러 다니니까 꼬시기 쉽겠다, 라거나."

그렇군.

그래서 나도 꼬시러 왔다고 생각했구나.

"미안. 솔직히 시간제 학교에 다니는 사람이 주변에 없었으니까, 그런 인상을 품을래야 품을 수가 없어. 기분 상하는 말을 한 거라면 사과할게. 하지만, 딱히 후지나미 양을 그런 식으로 본 적은 없어."

"흐~응. 그건…… 사실이라면, 공정한 기준이라 좋네요. 아주, 좋아요."

"그렇구나. 신경 쓰인 건, 굳이 따지자면—."

이건 이거대로 편견이긴 한데.

"후지나미 양, 그렇게 골프를 좋아하나? 였는데."

내가 말하자, 그녀는 눈을 크게 뜨고 나를 보았다.

"그건가요?"

"뜻밖이고, 당연히 신경 쓰이지 않아? 그렇게 밤늦게, 여자애가 스크린 골프장에까지 왔잖아."

"딱히 그 시간에 가고 싶어서 가는 게 아닌데요. 일하고 학교 다녀온 뒤에 가면 그 시간이 되는 거예요. 필연이죠."

"응. 시간제란 말을 듣고, 그건 방금 짐작이 갔어."

시간제라는 건 일을 하는 사람에게 교육 기회를 주기 위해 만들어진 형태다.

그래서 시간제 고교에 다니는 건, 일을 마친 다음이 된다. 필연적으로 학교가 끝나는 것도 늦어지게 된다. 거기까지 알면 심야에 그 장소에 찾아온 이유는 알 수 있다.

다만, 그렇게까지 해서 다니는 동기가 불명확했다.

"가족이 골프를 좋아해서요. 함께 할 수 있다면 기뻐하지 않을까 해서……."

"오호."

"저희 집은, 지금 그렇게까지 유복하지는 않아요. 다만 그 사람들, 대학의 골프 서클에서 만났다고 해서요. 지금도 골프를 좋아하거든요. 제가 잘하게 되면 같이 코스를 돌 수 있지 않을까 해서."

"그렇구나. 그건 좋겠다."

맞장구를 치면서, 자기 가족을 「그 사람들」이라고 한 것에 위화감을 느꼈다.

프라이버시에 해당될 테니까, 아무 말 안 했지만.

그러나 이렇게 가까이서 후지나미 양을 보자, 새삼 그녀의 신장이 큰 걸 알 수 있다. 180센티미터는 되지 않을까?

휴일인데도 복장은 장식품 종류가 일절 없이 수수하다. 말투도 정중하다. 꼬시기 쉬워 보인다는 식의 말을 했었지만, 평범하게 대화를 하기만 하면 스이세이의 우등생이라

고 해도 통할 것 같다. 머리가 좋다는 건 대화를 해보면 알
수 있다.

문득, 그녀의 귀에 피어스의 구멍이 뚫린 것을 깨달았다.

『놀러 다니는 여자라고 보는 사람이 많아서. 뭐, 그렇게
틀린 것도 아니라 울고 싶어지네요.』

뚫려 있는 구멍에는 아무것도 안 달았다. 그것에 오히려
위화감이 느껴졌다. 뭔가 사정이 있을지도 모른다.

"아사무라는, 뭐든지 그런 식으로 공정하게 보는 건가요?"

"글쎄. 그렇게 하고자 하는 마음가짐은 있는 것 같지
만……."

시야가 좁아지거나 오만함이나 나르시시즘을 피하고자
마음먹게 된 것은, 지금까지 수많은 책을 읽었기 때문이라
고 생각한다.

"그런가요. 응. 제가 보기에 아사무라는 분명히 공정하
게 접하고 있는 것 같아요."

"고마워. 그렇다면 기쁘네."

내가 대답하자, 후지나미 양은 희미하게 웃음을 보였다.

"저는, 학원에서 일부러 다른 학생이랑 대화할 필요가
없다고 생각했는데, 아사무라와 대화하는 건 즐겁네요."

"그런, 걸까?"

"내일도 자습실 쓸 건가요?"

"주말 동안은 오후 수업을 받으니까, 오전 중이라면 올 수 있을, 거야."

"그럼, 또 점심 같이 먹어요."

지금까지보다 어느 정도, 편해진 말투가 된 그녀가 말했다.

"알았어."

그녀가 쓰레기를 정리하고 일어섰다.

나도 뒤를 따르며 물어봤다.

"아, 그러고 보니 조금 신경 쓰인 거 있는데."

"아…… 뭐가요?"

"편의점 주먹밥. 마음에 드는 맛이 없었어?"

그렇게 물어보자, 지금까지 차분했던 그녀가 살짝 당황했다.

"봤어요?"

"어, 응."

"아~. 네. 처음에는 주먹밥도 좋겠다고 생각했는데, 저기 주먹밥은 그……."

뭐지?

"이에 김이 달라붙잖아요? 그래서, 포기했어요."

"아~."

"그럼, 내일 봐요!"

그녀는 도망치듯 자습실로 발 빠르게 걸어갔다.

그 등을 배웅하면서, 오전은 자습실에서 공부하고 오후는 강의를 받는 것이 꽤 효율적일지도 모른다고 나는 생각했다.

더위가 누그러진 저녁.

나는 다시 자전거를 타고, 학원에서 알바 하는 서점으로 이동했다.

유니폼으로 갈아입고 가게에 들어서자, 점장이 일의 지시를 내렸다. 오늘은 자기랑 같이 계산대 들어가 달라고 점장이 말했다. 드문걸.

"요미우리 양이랑 아야세 양이 없으니까. 오늘은 아저씨랑 사이좋게 계산대 업무다. 미안하네."

"아뇨. 그런데, 둘 다 오늘 근무가 없었네요."

아야세 양이 오늘 없는 건 알고 있었지만, 요미우리 선배도 없는 건 몰랐다.

"그러게. 요미우리 양은 대학에 용건이 있다고 하더라."

"대학에?"

"오픈 캠퍼스를 돕는다고 하던데."

"그랬었나요."

"처음에는 끝난 다음에 오려고 한 모양인데. 직접 들은 건 아니지만, 『엄청 지치게 만드는 선생님이 있어서요~. 그러니까 알바에 나갈 기력이 안 남아』라고 했다던데."

점장님. 일부러 성대모사는 안 해도 됩니다.

요미우리 선배를 지치게 만드는 선생님, 이라. 혹시 지난달 즈음에 팬케이크 가게에서 본 그 사람인가?

그러고 보니 아야세 양도 오늘은 오픈 캠퍼스에 간다고 했었는데, 같은 날에 오픈 캠퍼스라니 희한한 우연이다. 물론 장기 휴가 기간을 제외하면 할 수 있는 게 주말이나 휴일밖에 없으니까, 어느 대학이든 그쯤에 하는 게 보통일지도 모르지.

점장이 말하는 유능한 알바가 두 사람이나 동시에 빠져 버려서 일의 효율도 떨어진다. 계산대가 붐비게 되자, 일 말고는 생각할 여유도 사라졌다.

그대로 내 오늘 알바는 계산대 업무에 쫓기며 끝나 버렸다.

집으로 돌아와, 거실에 들어섰다. 사람의 기척이 있는 건 깨닫고 있었다.

다만, 분명히 아버지일 거라고 생각했다.

"어서 와, 오빠."

"……다녀왔어. 어라? 저녁은?"

"아직. 오빠도 그렇지?"

말하면서, 아야세 양은 된장국을 냄비에서 그릇에 담았다.

나는 그대로 냉장고를 열고 샐러드를 꺼내, 드레싱과 함께 식탁에 놓았다. 평소 메모지에 적힌 지시에 따라 하는 작업이니까 몸이 기억하고 있다. 낫토랑, 다음은——.

"꽁치를 구웠어."

"그러면, 간 무가 필요하네."

무를 직접 가는 시간이 아까우니까, 오늘은 튜브에 담긴 간 무를 쓰자.

"밥은 어떡할 거야?"

"가볍게 한 그릇 부탁할 수 있을까?"

그릇과 수저를 두 사람 분량 준비해서 놓고, 아야세 양에게 물었다.

"뭐 마실래?"

"나는 따뜻한 차가 좋아. 이제 시원해지니까."

"알았어."

찻주전자에 찻잎을 넣고, 보온 포트에서 뜨거운 물을 따랐다. 우러나는 사이에, 잔을 두 사람 분량 준비했다.

"고마워."

"아니, 요리를 만들어 줬으니까, 오늘은 오픈 캠퍼스였지? 지쳤을 텐데."

"알바 정도는 아닐 거야."

대강 준비를 마치고, 잘 먹겠습니다 인사한 뒤 둘이서 늦은 저녁을 먹었다.

어느 쪽이랄 것 없이 오늘 있었던 일을 서로에게 말하기 시작했다.

나는 학원에서 있었던 일.

그때까지 깨닫지 못했던 『자습실』이란 방이 있다는 걸 알게 된 것. 거기서 상당히 공부가 잘 됐다는 것.

"흐응, 그런 곳이 학원에 있구나."

"아야세 양은 학원 다닌 적 있어?"

"없어. 좀 비싸니까."

그리고 아야세 양의 오픈 캠퍼스 체험담이었다.

"어, 정말로 요미우리 선배가 있었어?!"

아야세 양이 수긍했다.

"있었어. 정말로, 라는 건 무슨 뜻이야?"

"점장님한테 들었거든. 요미우리 선배도 오픈 캠퍼스 돕느라 쉰다고. 그래서, 둘 다 같은 이유라는 걸 알고서."

"아아. 그래서……."

"그래서, 대학의 분위기는 어땠어?"

"완전 지쳤어."

"어?"

"아, 응. 아니야. 오픈 캠퍼스 자체는 재미있었어. 대학에서 어떤 것을 배우는지, 조금 알았어. 배운다고 할까…… 좀 다른가."

"무슨 뜻이야?"

학교라는 건 배움의 장이 아닌가?

"응. 그렇기는 한데……. 뭐라고 해야 할까. 그보다는, 『생각하는 곳』이라고 생각해. 그것도, 누가 생각해 보라고 하는 게 아니라, 스스로 자신이 생각해야 할 것을 발견하는 것부터 시작한다, 같은 그런 거."

솔직히, 그녀가 한 말을, 바로 이해했다고 할 수는 없었다.

내가 아는 학교라는 장소와, 오늘 아야세 양이 발견한 대학이란 장소에는 뭔지 알 수는 없지만 다른 점이 있는 것 같았다.

"그래서, 거기에 엄청 이상한 선생님이 있어서."

"이상해?"

"그렇게 말할 수밖에 없어……. 그래서, 조금 토론을 했거든."

어, 초면인 사람이랑, 아야세 양이 토론?

나는 솔직히 놀랐다.

아야세 양은 세간의 부조리함과 언제나 싸우고 있는 사람이긴 하지만, 정면으로 상대와 격론을 나누는 타입이 아니라고 생각했으니까.

"굉장히 뜨거워졌어. 끝나고 나니까 진이 다 빠졌지."

"하지만……, 즐거웠어?"

내가 말하자, 아야세 양이 깜짝 놀라서 눈을 크게 떴다.

"어? 아, 응. 그렇……긴 한데. 알 수 있어?"

"말은 지쳤다고 하면서도 꽤 즐거워 보이거든."

"……그렇구나. 알아차리는 구나."

얼굴을 엉뚱한 곳으로 돌리면서, 그런 말을 조용히 흘렸다.

"츠키노미야, 가고 싶어졌어?"

"갈 수 있을지는 모르지만…… 노력해보고 싶어진 건 확실해."

그랬구나. 잘 됐네.

아야세 양은 새로운 것에 도전하여, 흥미가 생기는 상대를 만난 것이다. 새로운 만남이 있었구나. 내가 모르는 곳에서, 내가 모르는 상대와─ 라는 건 신경이 안 쓰인다면 거짓말이지만.

"그래서, 아, ……오빠, 는 앞으로도 자습실 다닐 거야?"

"뭐, 그렇……겠네. 내일도 간다고 약속했으니까."

"약속?"

"응? 아아. 자습실 가르쳐준 사람이야. 내일도 있으니까, 같이 점심 먹자고 하더라고."

"그렇구나. 잘 됐네, 오빠."

잘 됐네─ 그렇다. 이건 잘 된 일일 거야.

아야세 양한테 대학에 가고 싶다고 생각하게 되는 만남이 있었던 것처럼, 나한테 학원에서 대화할 수 있는 상대가 생긴 것처럼, 우리들은 각자 새로운 교류가 늘어나고 있었다.

이것이 정상적인 방식이다.

"내일은 나, 저녁 못 만들어."

아야세 양은 내일 일요일에 같은 반 아이들과 공부 모임이 있다고 했다.

"알았어. 그렇네. 내일은 나도 바쁘니까…… 서로 인스턴트로 때우자."

나도 내일은 또 학원에 간다. 알바 근무도 있다.

우리 둘 다 내일 예정이 있고, 우리들의 행동은 교차하지 않는다.

아주 평범한 16세 오빠와 여동생에 우리는 조금씩 다가가고 있었다.

●9월 27일 (일요일) 아사무라 유우타

마치 여름의 마지막 **발버둥** 같았다.

태양이 오르면서 기온이 하염없이 올라가기만 하고, 학원에 도착했을 무렵에는 아마도 30도에 이를 정도였다.

도망치듯 학원 건물에 들어섰다.

입구의 자동문이 닫히자, 바깥의 열파가 끊어져 호흡이 편해졌다. 한숨처럼 숨을 쉬고서 나는 걷기 시작했다.

『자습실』의 플레이트가 걸린 문을 열었다.

어제와 거의 같은 시간에 도착했는데도, 방은 꽤 붐비고 있었다.

고개를 돌리며 찾자, 어제와 같은 장소에 후지나미 양이 앉아 있었다. 다행히 그녀 옆자리가 비어 있기에, 나는 거기에 앉았다. 그녀는 진작에 교과서와 노트를 펼치고 자기 공부를 진행하고 있었다.

나는 말을 걸지 않고, 묵묵히 노트와 문제집을 꺼내, 기말고사의 점수가 가장 나빴던 물리 문제집을 파고들기로 했다.

기말고사의 물리는 70점이었다.

그러니까 수업에서 가르쳐준 것을 잘 모른다는 건 아니다—라고 생각한다. 좋은 시험문제가 나왔다고 가정하면,

7할 정도 이해하고 있다는 거니까.

다만, 아무래도 실제로 식을 세우고 계산하는 게 서툴렀다.

고등학교에서 배우는 물리적인 현상은 책을 읽을 때도 눈에 띄는 일이 많아서, 수업에서 배우기 전에 어쩐지 모르게 머리로 기억하고 있기도 하다.

그러나 계산만큼은, 손을 움직여서 여러 번 해보지 않으면 푸는 속도가 안 오른다.

그럼…… 어디, 미끄러운 경사면 위에 놓인 물체에 작동하는 가속도의 크기를 답하라, 인가.

이건 물리에 한정되지 않고 시험문제를 풀 때 전반에 할 수 있는 말인데, 일단 문제를 잘 읽어야 한다.

예를 들어 자연스럽게 적혀 있는 이 「미끄러운 경사면」이라는 말.

이건 「마찰에 대해서는 생각하지 않아도 되는 경사면」이란 의미가 된다.

현실의 언덕길에 놓인 종이 상자가 쉽사리 미끄러지지 않는 것은, 지면과 마찰이 발생하기 때문이다. 하지만 고등학교 물리 문제에 그런 리얼한 문제는 많지 않다.

대학이라면 어떨까? 나는 문득 그런 생각을 했다. 어제 아야세 양과 나눈 대화가 머리에 떠올랐다.

『누가 생각해 보라고 하는 게 아니라, 스스로 자신이 생각해야 할 것을 발견하는 것부터 시작한다, 같은 그런 거』

다시 말해서 대학에 가면, 내가 풀어야 할 문제를 스스로 만들 수 있다는 건가.

만약 경사면에 마찰이 있다면 어떻게 되는 걸까? 경사면이 존재하는 장소가 지구가 아니라면 어떨까? 이런 식이리라. 그렇게 생각하면 꽤 재미있겠어.

그러고 보니 SF 소설에 있었지. 월면이니까 중력이 적어서, 피부를 스쳐 떨어지는 물방울이 지구보다 느렸다, 같은 것이 떠올랐다. 그렇다면, 월면에서 샤워 신을 묘사하는 애니메이션은 힘들겠어.

······가속도라, 가속도. 그러니까······.

연필이 노트 위를 움직이며 끄적끄적하는 소리. 종이를 팔락 넘기는 소리가 옆에서 희미하게 들린다. 이쪽이 한 페이지를 다 풀고 문제집을 넘기면, 옆에서도 마치 경쟁하듯 페이지를 넘긴다. 마치 경주를 하는 것 같다. 기묘한 연대감을 느껴서 이상한 기분이 들었다.

나는 후지나미 양 옆에서, 하염없이 문제를 풀었다.

덜컥 소리가 나서 퍼뜩 고개를 들자, 의자에서 일어선 후지나미 양이 나를 보고 있었다.

입은 다물고, 후지나미 양이 가방을 손에 들고 복도로 이어지는 문을 가리켰다.

어, 벌써?

황급히 스마트폰의 시간을 보자, 12시를 넘기고 있었다.

집중했더니 진작에 점심 시간이 된 모양이다.

복도에 나온 나에게 후지나미 양이 말했다.

"오늘은 편의점이 아니라, 패밀리 레스토랑 안 갈래요?"

"패밀리 레스토랑?"

"지갑에 부담이 적은 곳을 알고 있는데, 어때요?"

"그렇구나."

가끔은 외식도 좋을지 몰라.

"그럼, 그러자."

건물을 나서자 공기가 후텁지근했다.

"덥네."

"뭐, 이제 곧 가을이니까 늦더위도 이제 막바지겠죠."

날씨 이야기를 하는 사이에 패밀리 레스토랑에 도착했다. 확실히 그녀의 말처럼, 지갑에 부담이 적어 학생들도 자주 이용할 수 있는, 리즈너블한 이탈리안 체인점이다.

에어컨이 켜진 가게 안으로 안내를 받아서, 길이 보이는 창가 박스석에 둘이서 마주 앉았다.

시간도 별로 없으니까. 둘 다 재빨리 주문을 마쳤다.

나는 까르보나라를, 그녀는 페페론치노를 부탁했다.

"매운 음식에 올리브 오일을 듬뿍 뿌려 먹는 걸 좋아하거든요."

"나도 매운 건 좋아하지만……. 오늘은 조금 집중한 탓에

배가 고파."

"눈치를 못 챘으니까요."

"어?"

"저, 잠시 아사무라를 보면서…… 눈치챌 때까지 기다렸어요."

그랬었구나.

의자에서 일어나는 소리가 들려서 깨달은 줄 알았는데, 어쩌면 나는 그녀가 보고 있는 기척을 느낀 걸지도 모른다.

"말을 걸지 그랬어."

"주변에 폐가 되면 안 되니까요."

"그러고 보니, 오늘은 어째서 여기야?"

"아사무라를 보면서, 조금 신경 쓰인 점이 있다고 할까요. 느긋하게 이야기를 하고 싶었어요. 역시 담화실에서는 남들 눈이 많으니까요. 아, 물 가져올게요. 여기 셀프니까요."

"내가 갈게."

"아뇨. 앉아 있어요."

"내 건 내가 가져와야지."

실랑이가 벌어질 것 같아서, 결국 둘이 같이 가지러 갔다. 물수건과 물을 가지고 자리에 다시 앉았다.

약간 늦게 파스타가 나왔다.

후지나미 양은 가게 안에 있는 올리브 오일을 가져와서 듬뿍 뿌렸다. 더욱이 작은 밀이 달린 블랙 페퍼 병을 끼리 릭 돌려서 뿌렸다. 포크로 빙빙 말아서, 그대로 술술 먹기 시작했다.

익숙한 느낌이야. 이 가게에 자주 오나?

그건 그렇고, 후지나미 양이 나를 보고 신경 쓰였다는 건 뭘까? 뭔가 내가 묘한 짓을 했었나?

아, 맞다. 나도 열심히 새로운 교류란 걸 해봐야지.

"후지나미 양은, 책 같은 거 읽어?"

"독서 말인가요? 그렇네요. 싫어하지 않아요."

기묘한 대답이군.

"그건…… 적극적으로 좋아하진 않는다는 거야?"

"아아. 아뇨. 그런 뜻은 아니에요. 좋아하는 편이죠. 오락 중에서도 가장 코스트 퍼포먼스가 좋으니까요. 전에도 조금 말했다고 생각하는데, 저는 그다지 유복한 편이 아니라서 돈이 드는 오락은 어려워요."

"그렇구나……."

"그 골프장. 평일 밤에는 문고본 두 권 정도의 가격으로 듬뿍 연습을 할 수 있어서 이득이거든요."

잘 하게 되면 가족이 기뻐한다는 것도 있겠지.

"아사무라는, 어떤 책을 읽어요?"

"그러니까…… 뭐든지 가리지 않고 읽는 편일까? 대중문학부터 해외도서까지 딱히 가리지 않아. SF나 라노벨도 읽어."

"라노벨? 라이트노벨인가요. 그건 장르가 아니지 않나요?"

나는 무심코 미소를 지어 버렸다. 그걸 아는구나.

"분명 그렇지. SF도 있고 미스터리도 있어. 청춘물도 있고 전기물도 있으니까. 스포츠물도 있고……. 확실히 장르가 아니네. 우리가 태어나기 전에는 쥬브나일 소설이라고 했다고 하던데."

"그런가요?"

"쥬브나일이라는 건 『소년소녀용』이라는 의미니까."

다시 말해서, 젊은이를 대상으로 하면 뭐든지 쥬브나일이라는 거다. 라이트노벨도 젊은이가 접하기 쉬운 가벼운 소설─ 정도의 의미였다고 들었다. 여러 설이 있지만.

"SF를 좋아하니까 물리가 특기인 건가요?"

"특기, 는 아닌 것 같은데…… 오히려 별로 점수가 안 나오거든."

"그런가요? 오전에 풀고 있던 문제집은 물리였죠? 그 속도로 풀고 있었으니까, 충분히 특기인 것 같은데요."

나는 놀랐다. 그 정도까지 관찰하고 있었구나.

"뭐, 좋아하기는 해."

"요즘 뭔가 재미있는 소설을 읽었나요?"

조금 생각하고서 나는 최근에 빠진 SF의 이야기를 해봤다. 전 세계에서 베스트셀러가 된 소설의 번역판이다. 미국의 전 대통령까지 읽었다고 했지. 뭐, 누가 읽었든지 내가 재미있다고 느끼는 거랑은 별개지만. 외계 행성 문명의 묘사가 참으로 기묘하며 스릴이 넘쳐서…… 가슴이 두근거린다.

"서점에서 본 적이 있어요. 하지만, 그건 하드 커버인걸요. 도저히 손을 댈 수가 없어서……."

"분명히. 그건 그렇네."

나는 요미우리 선배가 권해서 읽었다. 안 그랬으면 아무리 알바비가 있다고 해도 고교생에게 하드 커버로 된 양장본 도서는 좀 버겁다.

"더 손대기 쉬운 건 없나요?"

"요즘 영화화된 건 어때? 그건 문고로 나와 있어. 여름을 찾는 고양이 이야기."

"아아, 네. 그건 읽었어요. 본래는 고전 해외 SF가 원작이죠. 그 정도라면 저도 이해할 수 있어요. 고양이가 귀여웠어요. 영화는 예고편만 동영상을 봤죠. 고양이가 귀여웠어요."

두 번이나 말했다. 고양이를 좋아하나?

"고양이라고 하면, 고양이가 사라지는 이야기도 있지."

"있었죠……."

그렇게 잠시동안 고양이가 나오는 책의 화제로 대화가 이어졌다.

그러고 보니 요미우리 선배는 미스터리를 좋아해서 고양

이가 탐정인 소설을 가르쳐 줬었지. 그 이야기도 해봤다. 재미있나요, 라고 물어보기에, 시험 삼아 읽어봤더니 재미있었다고 대답했다.

인간보다도 영리한 고양이가 사건을 해결하지 못해 헤매는 인간들을 가르치고 타이르면서 쾌도난마로 사건을 해결해내니까 재미없을 리가 없다. 그렇게 말하자 흥미를 품어 준 것 같다.

책의 취향도 잘 맞고, 사물을 보는 기준 같은 것도 비슷하고, 마치 아야세 양과 이야기를 할 때처럼 마음이 편하다.

새로운 교류라는 것도 나쁘지 않네. 그런 생각을 하면서, 문득 창밖을 보았다.

아야세 양이 있었다.

햇살을 피하는 건지 편의점 앞에서 남자랑 둘이서 즐겁게 대화하고 있었다.

왜 여기에?

그리고 옆에 있는 남자는…… 저건, 누구지?

무심코 눈길을 피했다. 거리가 좀 있어서 알기 어렵지만, 어디서 본 것 같은 남자였다.

분명히 아야세 양은 오늘 공부 모임이라고 했다. 뭘 하는 거지? 왜 둘밖에 없는 거지? 다른 같은 반 친구들은?

"하아."

한숨 소리가 들려서 고개를 들었다.

"아…… 미안. 무슨 이야기였지?"

"아뇨. 지금은 아무 이야기도 안 했는데요?"

으……. 이건 어색하군.

설마 창밖의 아야세 양에게 정신이 팔렸다고는, 말을 못한다.

"그래. 아아, 그러니까."

"무리해서 화제를 찾지 않아도 돼요. 뭐, 제가 신경 쓰인 건 바로 그런 부분이에요. 골프장에서 자습실 이야기를 한 건 분명히 나지만, 어제, 아사무라가 왔을 때 모습을 보고—"

한순간, 말할까 말까 망설이는 표정을 보였다.

"—뭔가로부터 도망치는 것 같은 표정이었거든요."

도망치는 것 같은…….

후지나미 양의 말에, 내 심장이 옥죄었다.

"그런 식으로 보였구나."

"네."

그녀가 나를 보는 눈매가 변한 것 같았다.

조금 갈색이 섞인 검은 눈동자가, 마음속 깊은 곳을 꿰뚫어 보는 것처럼 나를 보았다. 뢴트겐이나 MRI라도 찍는 기분이었다.

"당신의 그 표정이, 저한테 참 익숙한 표정이라서, 조금 신경 쓰였어요. 공부는 제대로 하고 있었으니까 성실한 성격인 건 눈치챘어요. 그래서 꼬시는 건 아니죠. 그렇다면,

이건 도피처를 찾고 있는 거겠구나 싶었어요."

"그런, 걸까?"

스스로는 도피란 생각이 없었지만, 그 말을 듣고 부정 못 한다는 자각도 있었다.

새로운 교류를 바라며 발을 디뎠다. 그랬을 텐데, 뒤를 향해 달리고 있었다는 것이다.

그렇다면, 꽤 실례되는 짓일지도 모른다.

후지나미 양을 도피처로서 보고 있었다는 거니까.

"미안."

"사과할 필요는 없어요. 아직 미안할 짓을 한 것도 아니고. 마음은 이해하니까요."

마음은 이해한다는 건 어떤 뜻일까?

"저도 현실도피를 하고 싶어서 타인을 바란 경험이 있으니까……. 아, 미안해요. 마지막으로 푸딩만 주문하게 해줄래요? 여기 푸딩, 엄청 맛있어요."

말하면서 주문 태블릿을 조작했다.

"이게 유일한 낙이죠. 박봉으로 부리는 몇 안 되는 사치. 사실은 점심도 도시락을 먹고 싶을 정도예요. 하지만 일하느라 지치는 걸 고려하면 충분한 수면을 확보하는 것도 중요하니까. 밖에서 먹을 거라고 말하는 게 부담도 적게 주고요."

누구에게 주는 부담인가, 라고 말을 하려다가 떠올렸다.

어제 일이다.

어째서 골프 연습을 하는지 물었을 때, 가족과 함께 코스를 돌고 싶다고 했었지. 그때 그녀는 자기 부모님이어야 할 사람들을 「그 사람들」이라고 불렀다. 위화감이 있어서 기억하고 있다.

그 사람들, 이라는 거리를 두는 것 같은 표현을 보면, 후지나미 양과 부모님 사이에서 거리가 느껴진다. 하지만 결코 싫어하는 느낌은 아니다. 뭐라고 해야 할까…… 사양? 하는 것 같은…….

거기까지 생각하고, 그건 내가 아키코 씨에게 느끼는 마음과 비슷하다고 생각했다.

아마도 그녀가 말하는 「그 사람들」은, 얼마든지 무리해서 도시락을 만들어 줄 사람들이 아닐까? 아키코 씨가 무리해서라도 나랑 아야세 양의 삼자면담에 나와준 것처럼. 그리고, 그녀는 그렇게 무리하는 것이 싫었다. 하지만 스스로 도시락을 만들만한 여유가 없다.

그래서 외식을 하니까 만들지 않아도 된다고 했다. 그리고 학생이 다니기 좋은 이 체인점에 진을 치고 있는 거다.

주문한 푸딩이 나오자 스푼으로 떠서 입에 넣고, 후지나미 양이 고양이처럼 눈웃음을 지었다.

키가 큰 후지나미 양이 그때만 아기 고양이처럼 보였다.

"응~. 행복의 맛이에요. 이걸 원 코인의 절반으로 맛볼 수 있어요."

코스트 퍼포먼스를 고집하는 게 후지나미류인가 보군.

다 먹은 후지나미 양이 자세를 고쳤다.

"그래서 이야기를 계속하면, 혹시 고민은 연애 관련인가
요?"

눈을 보고 똑바로 물어보니 얼버무릴 수 없었다.

"어째서—."

"그렇게 생각하느냐 말이죠? 도피처가 여자애니까 그렇
지 않을까 해서요. 그게, 흔히 있는 일이잖아요. 괴로운 사
랑에서 도망치기 위해, 다음 사랑을 찾으려고 한다거나."

"그거야말로 꼬시는 것 같은데."

"네. 자각하고 하면 꼬시는 거죠. 하지만 도피를 자각하
는 사람은 사실 적어요. 왜냐면 도망치는 자신을 자각하면
더 시무룩해지잖아요. 뭐, 이런 식으로 설명하면, 결국 자
각을 해버리게 되지만요."

생긋 웃음을 짓자, 질책하는 것보다도 마음에 타격이 온다.

"저는, 딱히 상냥하지 않으니까요."

아야세 양도 타인에게 꽤 건조하게 대응하는 사람이라고
생각했지만, 후지나미 양은 한술 더 뜨는 사람이리라.

아야세 양의 담백함에는 나와 비슷한 느낌을 받았다.

상대에게 기대하지 않는다— 보다 자세히 말하자면, 이
성에 기대하지 않는 태도였기 때문이다. 상대에게 자신의

주장을 밀어붙이는 걸 싫어하며, 그러면서 상대에게 영합하지 않는다.

처음 만났을 때 아야세 양이 내 퍼스널리티를 가늠하는 말을 하고, 나는 그것을 모조리 부정했다. 그것을 화내지도 않고 얌전하게 웃어넘기는 걸 보고 나는 이해했다. 아아, 그녀는 나랑 마찬가지다, 라고.

하지만 눈앞의 후지나미 양은. 이 생긋 웃는 미소는 다르다.

그녀는 나를 규탄하고 있었다.

"……애당초 말이지. 내가 좋아하게 된 건 좋아하면 안 되는 사람이야."

"흔한 경우네요."

"딱 잘라 내치네."

"그래 주길 바라는 표정이라서요."

나는 무심코 내 볼을 만져버렸다. 진짜로?

아아, 하지만 역시 그랬다. 후지나미 양은 나를 규탄하고 있다. 탓하고 있다.

마치 외과 의사가 환자에게 메스를 댈 때 같은 표정이었다. 너의 나쁜 부분은 여기다. 따라서 여기를 절제한다. 그런 느낌이다.

……아니, 수술 중인 의사의 얼굴은 드라마에서나 봤지만 말이야. 절대 실패하지 않는 외과의사라면 이런 표정을

지을 것 같다.

"내가 억지를 부리면 아마 가족이 불행해질 거야. 사실은 잊어야 하거든. 하지만, 아무래도 그게 무리인 것 같아서……."

물어보지도 않았는데, 그런 것까지 말해버렸다.

"중증이네요."

나는 이제 쓴웃음을 짓는 수밖에 없었다.

분명히 중증이겠지.

팔짱을 끼고 가만히 나를 보고 있던 후지나미 양이 「으음~」 하고 소리를 냈다.

"오늘, 학원 끝난 다음에 시간 있어요?"

"알바 있는데."

"그러면, 알바 끝난 다음에 만나요."

"괜찮은데……. 어째서인지 물어봐도 돼?"

"저랑 조금 밤놀이를 하러 가요. 같이 가주세요."

솔직하게 말해서 나는 요미우리 선배랑 놀러 갔던 참이라 밤놀이가 이어지는 것도 좀, 하고 생각하기는 했다.

그런데 거절하려고 했을 때, 아까 본 같은 반 남자와 이야기를 하고 있던 아야세 양의 모습이 떠올랐다. 가슴 속에 생긴 꾸물거리는 것이 목까지 치밀어올라 내 입을 막았다.

"변명이 필요하다면…… 그렇네요. 현실도피에 저를 쓴 속죄라면, 어때요?"

"……그렇게 말하면 거절을 못 하겠네."

"그러면, 결정됐네요."

LINE의 ID를 교환하고, 우리는 학원으로 돌아갔다.

알바가 끝나자 밤 9시가 넘었다.

그래도 시부야의 거리는 떠들썩함을 뿌려대고 있었다. 가로등이 반짝이고, 사람들은 춤을 춘다.

후지나미 양과 만난 것은 명물 하치공 앞―이 아니고, 거기서 스크램블 교차점을 건너간 곳에 있는 내가 알바하는 서점의 출구였다.

"기다렸지?"

LINE으로 짬짬이 대화를 주고받으며 장소와 시간을 맞췄으니 그렇게까지 기다리지는 않았을 거라 생각하지만.

"저도 지금 온 참이에요."

"그래서, 대체 어디 가는데?"

"아아, 당황하지 마요. 밤은 기니까요."

"철야할 생각은 없어."

나는 흠칫하며 말해버렸다. 그러자 키득 웃어서, 놀리는 걸 깨달았다.

"그보다도, 아사무라가 알바하는 곳, 이 서점이었나요."

"아, 응. 사실은 그래. 후지나미 양은 손님으로 자주 온다고 했지?"

"맞아요. 뭐야, 그때 가르쳐주면 좋았을 텐데."

숨길 생각은 아니었는데, 그때는 아직 신상을 밝힐 정도의 거리감이 아니었으니까.

"일을 시작하기 전에 들르는 적이 많았으니까요. 다시 말해서, 개점 직후가 되네요."

"아아, 그래서 단골 같은데 본 적이 없었구나."

만날 리가 없다. 그 시간대에 나는 학교에 등교 중이다.

"일단 잠깐 거리를 보러 다닐래요? 뭐, 너무 위험한 곳에는 안 갈 테니까, 그렇게까지 경계 안 해도 돼요."

"그건 고마운걸. 나 싸움 같은 건 자신이 없거든."

"솔직해서 좋네요."

말하면서 후지나미 양은 나를 선도하듯 걷기 시작했다.

센터가에서 한 번 시부야 역으로 돌아왔다.

후지나미 카호의 밤 시부야 관광 안내가 시작됐다.

"아사무라 군 같은 건전한 고교생 남자라면, 노래방 같은 건 흔히 가겠네요."

노래방에 가는 건 건전한 건가?

그러면, 세상의 불건전한 남자고교생은 어디에 다니는 걸까?

"글쎄~. 노래방은 그다지 안 가는데……."

고작해야 석 달에 한 번, 마루랑 가는 정도다. 왜 석 달에 한 번이냐 하면, 마루가 그 분기에 본 애니메이션 주제가를 복습하고 싶다고 하기 때문이다.

외우는 것이 전제고, 제대로 다 외웠는지 아닌지를 나에게 들려주기 위해 노래방에 가자고 하는 거다. 사실 마루는, 생각 외로 노래를 잘 한다. 게다가 성량이 크다. 야구부 포수라 목소리를 내는 게 익숙한 모양이다.

"우등생이네요. 그러면, 저런 장소는 어떤가요? 가본 적 있어요?"

선로 건너편.

검은 밤을 꿰뚫고 우뚝 선 빛의 빌딩을 올려다 보면서 후지나미 양이 말했다.

"볼링장?"

"그것만 있는 건 아니에요. 종합 어뮤즈먼트 시설, 이라고 할까요? 볼링, 당구, 노래방부터 탁구에 게임 센터까지."

도착하자, 사람이 끊임없이 드나드는 활기가 있는 빌딩이었다.

앞을 지나간 적은 있어도 여기서 논 적은 없다. 새삼 올려다 보며 생각했다.

"커다랗네."

"건전하지만요. 참고로 볼링과 당구는 옛날에는 어른의 오락이었다고 해요. 볼링은 70년대, 당구는 80년대에 붐이 일어났다고 들었어요."

"기다려. 그러니까."

머릿속으로 연대를 정리했다.

"지금부터 반세기나 전이잖아. 붐일 때 즐기던 사람들은 우리 아버지보다 나이 먹지 않았어?"

"그렇네요. 21세기에 들어서 태어난 우리들이 보면 조부모의 시대가 돼요. 이 시설 자체는 새로운 거지만요. 역에서 가까우니까 기억해두면 편해요. 다음 날 아침의 첫차 시간대까지 영업하니까, 막차를 놓쳤을 때 쓸 수 있어요."

그건 막차를 놓쳐서 여길 이용한 적이 있다는 것일까?

"기억해둘게."

내 경우는 시부야에서 집까지 걷거나 자전거를 타고 다니니까 막차는 상관없지만.

그리고 또 역 방향으로 돌아가서, 시부야 히카리에 쪽을 돌아서 걸었다.

시각은 9시 27분.

회전 초밥집도 카레 가게도 아직 활기차게 영업하고 있어서, 손님의 발길은 끊어지지 않는다.

나 자신도 아버지가 재혼하여 아키코 씨랑 아야세 양이 기다리는 집으로 돌아가게 되기 전에는, 이 근처 음식점에서 저녁을 먹고 돌아간 적이 있다.

그런 의미에서는 익숙한 풍경이지만, 그 익숙한 풍경 속에서 후지나미 양은 내가 들어간 적이 없는 가게들만 가리키며 가르쳐 주었다.

"아사무라는 고등학생이니까, 바나 클럽은 들어간 적이 없을 거고, 밖에서 보기만 하게 되지만요……."

"후지나미 양도 나랑 비슷한 나이잖아?"

"나이가 같다고 경험치가 같다고 장담할 수는 없어요."

마치 인생을 몇 번 반복한 이야기의 주인공 같은 말을 현실에서 듣게 될 줄은 몰랐다.

"비슷한 거예요."

역을 빙글 돌아서 나아가더니(시부야 역 동쪽 출입구에서 남쪽 출입구를 경유하는 느낌이다), 후지나미 양은 커다란 타마가와 거리가 아니라 골목으로 걸어갔다.

"시부야에 살다 보면 밤의 조용함을 잊게 될 것 같아지죠. 지방에 가면 밤 7시를 넘으면 번화가마저 어두워지는 곳도 많다고 하지만요."

"가본 적 있어?"

"때때로, 문득 아무도 나를 모르는 장소에 가보고 싶어지는 일 있지 않아요?"

그 마음은 이해가 되기도 한다.

실행에 옮길 거냐고 물어보면, 나는 고작해야 심야의 공원에서 빈 캔을 차는 것 정도밖에 한 적이 없다. 게다가 기분이 풀리면 빈 캔을 자판기 옆의 분리수거함에 버리고 오는 소시민이기도 하다.

"나쁜 짓은 아니니까 자신을 가지면 될 것 같아요."

"배짱이 없는 것뿐이지 않아?"

"임모럴을 범하는 배짱 따위 있어도 인생에 도움이 안 되니까요. 아, 여기에요. 책을 좋아한다면 이런 가게도 기억해두면 좋죠."

별 특색 없는 빌딩의 3층 부근을 가리키며 후지나미 양이 말했다.

"여긴, 뭐야?"

"독서실이요."

"응?"

"그런 이름의, 뭐 술 마시는 곳이죠. 책을 읽으면서 술을 마실 수 있는, 독서랑 술을 좋아하는 사람들의 쉼터 같은 곳이요. 미성년을 졸업하면 가보세요."

"……반복해서 물어보는데, 후지나미 양도 미성년이지?"

"물론이죠. 저도 알고만 있을 뿐이에요."

그런 것치고는, 밤놀이 장소를 너무 잘 알지 않나? 라고 생각했다.

다만, 후지나미 양은 그녀가 가르쳐주는 가게 모두에 실제로 들어가려고 하지는 않았다. 그건 그것대로 물론 좋기는 한데(애당초 그녀가 가르쳐주는 가게는 모두 비싸 보여서, 고교생인 내가 지불할 수 있는 금액 같지 않았다), 그 저 번화가의 길을 걷고 있는 그녀의 의도가 무엇인지는 가늠할 수가 없었다.

우리는 밤의 시부야를 걸어 다녔다.

밤놀이라고 해서 어딘가를 목표로 가는 줄 알았더니, 하염없이 여러 장소를 걸어 다니기만 하고 어딘가에 도달하지 않는다.

다만, 아무것도 안 하고 시부야의 거리를 걷기만 해도 여러 인간의 모습을 관찰할 수 있어서 그럭저럭 즐겁다. 이런 가게가 있었구나, 라거나.

우리는 색채가 풍부한 불빛의 바다를 회유하는 물고기 같았다.

번화가라는 것은 어디든 그렇지만, 결코 치안이 좋은 장소만 있는 게 아니다.

걷기만 해도 긴장감을 느끼게 되는 법이다.

후지나미 양은 시원스러운 표정으로 가볍게 걷고 있었다. 그러나 뒷골목으로 들어간다면 심박수가 올라가는 일이 일어나도 이상할 것 없었다.

큰길가에도 그런 일들이 넘쳐 흘러나오고 있었다.

아버지 정도 나이를 먹은 남자의 팔에 매달려서 걷고 있는, 아무리 봐도 나랑 비슷한 나이대의 여자애가 있다. 분명히 미성년일 거라고 생각하는데, 얼굴이 술기운으로 붉어졌고 혀 짧은 소리로 애교를 부린다.

넥타이를 완전히 풀어버린 샐러리맨이 길바닥에 대자로

뻗어 호쾌하게 잠들어 있고, 구토하며 웅크리고 있는 성인 여성도 있다.

"여러모로 글러먹었다고 생각하지 않아요? 그렇지만 저 사람들도, 다른 가죽을 쓰면 성실한 얼굴을 하죠."

"뭐, 그렇지. 우리 아버지도 술 마시고 돌아오는 일이 있었으니까."

듣고서 나는 떠올렸다. 애당초 아버지가 아키코 씨랑 만난 것도, 상사가 데리고 간 가게에서 술에 취해 뻗어버렸기 때문이라고 했지.

후지나미 양이 조용히 말했다.

"시부야의 뒷길을 지나다 보면, 세상에는 글러먹은 인간들만 있는 것처럼 보여요. 하지만 글러먹었다, 혹은 올바르다는 건 대체 뭘까 하고 때때로 생각해요."

"뭐, 그래도 원조교제 같은 건 어떤가 싶어."

상대방이 남자건 여자건 좋지 않은 행위라고 생각한다.

"하지만, 그런 방식으로만 살아갈 수 있는 사람도 있어요. 저 자신도, 중학교 때는 저런—."

힐끔 시선을 쏟은 곳에는 좁은 골목 안쪽으로 슬쩍 들어가는 여자애가 보였다.

"—글러먹은 인간들 한복판에 있었어요. 지금은 이렇게 성실한 차림을 하고 있고, 낮에는 평범하게 회사, 밤에는 시간제 학교에 다니고 있지만요."

"······그러니까."

빙글, 하고 세계가 대각선으로 기울었다.

다시 말해서, 그녀가 나에게 보여주고 싶었던 것은 밤의 관광 스팟이 아니다. 컬러풀한 불빛이 반짝이는 밤의 시부야를 정처 없이 회유하는 인간들, 그 자체일 것이다.

"그들이 일반적이거나, 보통이라거나, 그런 부류가 아닌 건 자각하고 있어요. 하지만 애당초 어떤 인간이든 어느 측면에서 보는가, 그때 어떤 환경에 놓여 있는가의 차이밖에 없고, 반드시 올바르다는 건 있을 수 없어요······."

그녀가 하는 말의 의미를 이해했다.

한 가지 알 수 없는 것은—.

"그런 걸 왜 나한테?"

"당신이, 옛날의 나를 보는 것 같아서 짜증났거든요."

"내가, 옛날의 후지나미 양?"

"저런 사람들이요."

그렇게 말하고 가리킨 사람들은, 나는 다시 한번 관찰했다.

붉은 얼굴에 불안한 발걸음으로 몸을 흔들며 걷는 어른. 그런 그들에게, 원색의 핫피[#1]를 입고 가게를 어필하고 있는 청년, 어깨를 드러내고 가슴팍을 내밀면서 전단지를 뿌리는 여자.

#1 핫피 일본의 전통 의상 중 하나로, 주로 무명으로 만든 얇은 겉옷이다. 옷 위에 겹쳐 입는 경우가 많다. 현대에는 주로 축제나 아이돌 콘서트 등에서 응원복 삼아서 걸쳐 입는다. 번화가의 호객꾼들이 입기도 한다.

"당신, 타인에게— 그러니까, 여성에게 기대하지 않고 자랐죠?"

뜨끔했다.

"사물을 플랫하게 본다. 그건 당신의 장점일지도 모르지만, 그렇게 자란 이유를 생각하면, 약점이기도 할 거예요."

"약점……."

"제가 물어봤었죠. 시간제, 여자, 심야에 게임 센터 출몰, 이라고 물어보면 어떻게 생각하느냐고."

"기억해."

"당신은 그때, 있는 그대로를 솔직하게 받아들일 뿐이라고 했어요. 그건 편견 없이 사물을 볼 수 있는 장점이기도 해요. 하지만, 어째서 그런 시점을 익히게 되기에 이르렀는지를 추측해보면—."

후지나미 양은 거기서 한 번 숨을 돌리고, 말을 찾는 것처럼 시간을 두었다. 길 끝을 바라보며, 걸어가는 속도를 바꾸지 않은 채 옆에 있는 나를 보지 않고 말을 했다.

"여성에게 기대하지 않고 자랐기 때문이죠."

그 말에 뇌리를 스치는 것은 아득한 어린 시절의 기억이었다. 지금은 이제 펼칠 일이 없는 앨범의, 아무리 봐도 웃음이 없었던 어머니의 얼굴.

후지나미 양은 말했다. 내가 플랫한 감성을 획득한 것은, 분명히 글러먹은 인간을 봤기 때문이라고. 그것도, 아마도, 글러먹은 여성을.

자기도 그런 시기가 있었으니까 알 수 있다고.

"저의 경우는 남자나 여자가 아니라, 애당초 인간 전부였지만요."

그렇게 말한 뒤 후지나미 양은 나에게 자연스레 과거를 말했다.

중학교에 막 들어갔을 무렵이다.

부모님을 동시에 사고로 잃었다.

동정을 받아 마땅한 사건이었다. 그런데 그녀에게 쏟아진 것은, 주변의 차가운 시선과 말이었다.

부모님의 결혼은 아무래도 친척 일동이 바라지 않던 것이었는지, 장례식 때마저도 그녀가 들은 말은 애도가 아니라 자업자득이라고 매도하는 말뿐.

더욱이 부모님이 돌아가신 뒤에 그녀를 맡은 숙모는 그녀에게 전혀 애정을 쏟지 않고, 매일같이 후지나미 양의 부모님을 야유하는 말을 던졌다. 물론 직접적으로는 아니었지만, 에둘러서, 징그럽게.

"심하네……."

"네. 그렇죠. 그런 일이 있으면 비뚤어질 거라고 생각하지 않아요?"

묵묵히 고개를 끄덕이는 것 말고 할 수 있는 게 없다…….

"뭐, 비뚤어지죠. 다만, 그때 제가 숙모에게 품은 것은

『분노』가 아니라『어쩔 수 없다』는 포기의 감정이었어요."

그것이 타인에 대한 어떤 기대도 잃게 되는 계기였다고, 그녀는 말했다.

그 이후, 숙모에게 반항하는 것처럼 가출과 밤놀이를 반복하는 방황 생활을 했다고 한다.

정신적인 이유 탓인지 몸 상태도 안정되지 않고, 학교도 땡땡이치게 되었다고 했다.

나도 짚이는 구석이 있었다. 그녀 정도로 처절한 과거는 아니다. 그렇지만 나도 어머니에게 아무것도 받지 못했으니까.

그녀 옆을 걸으면서 조용조용 내 이야기도 했다. 그녀의 독백 뒤에 잇기에는 빛바랠 말일지도 모르지만.

우리는 어느새 시부야를 한 바퀴 돌아서, 도겐자카까지 돌아왔다.

이제 곧 날짜가 바뀌려는 시간이다.

후지나미 양은 양손을 주머니에 넣은 채 하늘을 올려다보았다.

나보다 키가 큰 그녀가 똑바로 선 모습에, 길을 걷는 사람들이 돌아보더니 흐응, 하고 숨을 내쉬면서 스쳐 지나간다. 노골적으로 나를 미심쩍게 보는 사람도 있었다. 내가 심야에 그녀를 데리고 다니는 게 아니고, 그녀가 나를 데리고 다니는 건데.

"아~, 아쉽네요."

"아쉬워?"

"오늘은 중추명월$^{#2}$이라고 해요."

그 말에 나도 하늘을 올려다보니, 흐릿한 구름 너머가 뿌옇지만 밝게 빛나고 있었다. 아하. 저기에 보름달이 있는 거구나.

시부야에서 자택 맨션까지 아야세 양과 돌아간 밤도 달이 하늘에 있었던 걸 떠올렸다.

"이제부터 달이 높이 오르게 되니까."

"그런가요?"

"여름에는 태양이 최고점까지 오르고, 달은 낮은 궤도를 그려. 보름달일 때의 얘기지만. 겨울은 반대야. 겨울의 달은 높이 뜨지. 지금 시기면, 마침 낮은 곳을 지나던 달이, 겨울을 목표로 높은 궤도를 그리기 시작할 무렵이야."

"역시 물리를 좋아하는 사람이네요."

"굳이 따지자면 천문 지식이지, 이건. 뭐, 좋아하기만 하는 거야."

하늘을 올려다보던 후지나미 양이 나를 똑바로 보았다. 어째서, 나에게 이렇게 참견을 해주는지는 알 수 없지만.

"아사무라는 여성에게 기대하지 않는다고 했습니다만,

#2 중추명월 仲秋明月. 음력 8월인 중추의 보름달이 뜨는 날. 다시 말해서 음력 8월 15일. 한국의 추석이다.

그건 아마 거짓말이에요.”

“거짓말 같은 건······.”

“아니라고, 생각하겠죠. 저도 그렇게 생각했어요.”

내 말을 가로막으며, 후지나미 양이 말을 이었다.

“아줌마가 가르쳐 줄 때까지, 스스로도 거짓말이라는 걸
몰랐어요. 스스로를, 속이고 있었죠.”

“아줌마, 라면······.”

“지금 제 가족이에요. 숙모하고 다른 사람. ─저를 양자
로 들여준 사람이요.”

밤놀이를 반복하는 그녀를 걱정하여 눈여겨본 것은 위법
풍속점의 대표자 같은 여성이었다고 한다. 그 사람은 남을
잘 챙기고, 사회의 울타리에서 밀려난 소녀가 범죄에 말려
들지 않도록 지키는 활동을 하고 있었다는데, 후지나미 양
의 복잡한 가정환경을 듣고서 가만 내버려둘 수가 없었던
모양이다.

숙모를 포함한 후지나미 가문의 친척, 전문가와 이야기
를 거듭해서 양자로 거두어주었다고 한다.

그렇게 함께 살기 시작한 날, 그 여성이 이렇게 말했다
고 했다.

『넌 말이야. 이제 슬슬 자신의 마음이란 것과 타협하는
게 좋아』라고요.”

“타협?”

"말은 타협이지만, 간격 조정 같은 거라고 할까요. 자기 마음을 무시하지 말라고 했어요. 숙모에게 아무것도 기대하지 않는다. 나는 전혀 화가 안 났다. 이렇게 된 것도 어쩔 수 없는 일이다…… 그거, 정말로 그렇게 생각하냐고 했었죠."

가로등에 등을 기대면서 말한 것은, 그녀 자신이 뭔가에 기대지 않으면 서있지 못할 것 같아서일까…… 그런 생각이 내 머리를 스쳤다.

"너 정말로 아무것도 기대하지 않은 거니? 그걸 배신당했다고 생각하지? 화내고 있지? ─그 말을 듣고 반발했죠. 그렇지 않다고."

"……그래, 서?"

"그러면 왜 불량아가 됐니? 라고, 단칼에 잘라버리더라고요. 그 순간일까요? 어째선지, 이렇게, 눈물이 주르륵 흘러나와 버렸어요. 하룻밤 내내 계속 울었던 것 같아요."

깜빡이듯 가로등이 꺼졌다. 수명이 다 된 걸지도 모른다. 그런데 무슨 우연인지, 그때 마침 가로등 바로 위 구름 사이로 달이 보였다.

예쁜 가을의 달이었다.

"아사무라도 마음에 뚜껑을 닫고 억지로 지우려 하는 거 아닌가요?"

말이, 안 나왔다.

밝게 빛나는 시부야의 빛은 인공의, 사람들이 밝힌 빛이다. 그녀의 얼굴을 비추는 것은 틀림없이 건너편 가게의 쇼윈도에서 비추는 빛인데, 머리 위에 보이는 달이 후지나미 양을 비추는 것처럼 느끼고 말았다.

"하지만…… 내 마음을 밝힐 수는 없어……. 그렇잖아."

"마음이란 것이, 억눌러서 언젠가 사라진다면, 그래도 괜찮지만요. 나는 부모님을 잃은 다음…… 5년인가요. 이제 그만 사라졌다고 생각했던 그 『마음』이란 것이 결국 자신을 떠밀고 있었다는 걸, 드디어 그날 밤에 깨달았어요."

"5년……."

"안 사라져요, 마음이란 건. 그날 밤을 경계로, 숙모 곁을 떠나 양부모가 되어준 아줌마랑 살게 되면서, 그렇게 불안정했던 몸도 거짓말처럼 안정되면서 간신히 자각했어요. 아아, 나는 숙모나 친척을 용서하지 않았구나. 무척 신경 쓰고 있었구나."

달이 다시 구름에 가려지고, 꺼진 가로등 아래에 있는 후지나미 양의 표정은 거리의 불빛이 비출 뿐이었다.

"상대를 색안경 끼고 보지 않는다. 그건 아사무라의 장점이고 그것 나름대로 얻기 어려운 거라고 생각해요. 하지만, 상대를 플랫하게 본다는 것과, 기대하지 않는 것은 별개입니다. 왜냐면, 우리는 인간이니까요. 어떻게든 기대를 하게 돼요."

입으로 뭐라고 말을 하든, 마음속 깊은 곳에서 바란 것을 얻지 못하면, 역시 마음에 상처는 남는다는 건가.

인간이니까.

내 뇌리를 스친 것은, 처음으로 아야세 양과 만났을 때 밤의 대화다.

그때 아야세 양은 나랑 둘이 되었을 때 말했다.

『나는 당신에게 아무것도 기대하지 않을 거니까, 당신도 나에게 아무것도 기대하지 말아줬으면 해.』

그때의, 나를 가늠하는 아야세 양의 표정을 떠올렸다. 그녀는 동거하게 된 나한테 그렇게 말했고, 그리고 나는 그 말을 듣고서 아주 안심했다.

그녀는 나랑 동류라고 생각했으니까.

듣기에 따라서는 초면인 상대에게 하는 말로서 엄청나게 실례라며 화낼지도 모르는 말을, 그래도 가늠하듯이 굳이 던진 그때 그녀의 진의는…….

나는 혹시 보지 못했던 것이 아닐까?

그녀는 정말로 아무것도 기대하지 않은 걸까?

그리고 그 말은 스스로에게 돌아온다.

나는, 아버지가 결혼하는 것뿐이라고 생각했다. 생각하려고 했지만, 정말로 아무것도 기대하지 않았던 걸까?

"잘 들어요, 아사무라. 정말로 플랫하다면 『여성에게 기대하지 않는다』 따위의 말을 마음속으로 속삭이지도 않아요. 그것만 강조해 버리면, 애당초 그 시점에서 이미 플랫하지 않아요. 의식하고, 흔들리고 있다는 것의 반증이죠."

나는 아무 말도 못했다.

후지나미 양의 말에 대해서 아무 말도.

"어두운 이야기가 되어서 미안해요. 아사무라를 보고 생각했는데요. 당신, 자기 사정을 참고서 타인의 사정을 우선하려는 타입이죠? 상식이나 윤리 같은 것에 상당히 끌려가는 타입이요."

"상식이 없는 사람은 사람으로서 문제이지 않나 싶은데."

"그런 부분을 말하는 거예요."

정말로 어쩔 수가 없네요, 라며 후지나미 양은 한숨을 쉬면서 웃었다.

그대로 말을 이었다.

남에게 기대하지 않는다. 이것이 당연하다. 이게 보통이다. 아무리 자신에게 말을 해도, 마음을 아무리 속여도, 기대해 버린다. 그것이 달성되지 않으면 분노하고, 눈치 못 채는 사이에 자신은 대미지를 입어 버린다.

"다시 말해서, 『나에게 이런 기대를 하게 만든 네가 나빠』라는 게 되죠."

"하지만, 제멋대로 기대를 하고 이루어지지 않으면 분노를 느낀다니, 너무 제멋대로잖아."

"제멋대로니까요. 사람의 마음이란 건 그래요."

그러니까, 당신도 그 연애 감정이란 것에 거짓말을 안 하는 게 좋다고 생각해요.

거짓말은 어차피 계속되지 못하니까.

후지나미 양은 마지막으로 말하고, 손을 흔들며 인사하더니 떠났다.

꺼진 가로등 아래서 나는 묵묵히 그녀를 배웅했다.

—아무 말도, 할 수가 없었다.

침묵이 대답이다.

시부야의 흥청거림과 떠들썩함은 한밤중을 넘어서도 사라지지 않고…….

나는 가만히 선 채 움직일 수가 없었다.

하늘의 달이 나를 비웃는 것 같았다.

●9월 27일 (일요일) 아야세 사키

"사키~! 여기야 여기!"

개찰구를 빠져나가, 손을 흔드는 마아야 쪽으로 나는 걸어갔다.

그녀 주위에 같은 반 아이들이 모여 있었다. 어쩌면 내가 제일 마지막일지도 몰라서 발이 빨라졌다. 걸으면서 눈으로 사람 수를 셌다.

남자애가 두 명. 여자애가 마아야를 포함해서 세 명. 내가 여섯 명째. 역시 마지막이야.

"미안. 기다렸어?"

"아니 전혀! 아직 만나기로 한 시간까지 여유 있어~."

마아야가 말하고 미소를 보여주지만, 그걸 그대로 믿어도 되는가 고민된다.

오늘 공부 모임 장소는 마아야의 집이다.

마아야는 이 근처 맨션에 살고 있는데, 웬만하면 남을 집으로 안 부른다.

집에는 언제나 동생들이 있고, 평소에는 그 동생들을 마아야가 돌보고 있다. 만약 친구들을 부르게 되면, 동생들을 돌볼 수가 없게 된다.

그렇지만 오늘은 동생들을 데리고 부모님이 외출을 했다

고 한다. 그 동안 넓은 거실을 자유롭게 쓸 수 있으니까, 우리는 거기서 공부 모임을 하는 거다.

역을 벗어나 조금 걸어가면, 마아야의 집인 맨션에 도착한다.

"오오, 크다!"

"커다란 맨션이네~."

"힘 좀 썼습니다!"

"마아야가 힘을 쓴 게 아니잖아."

"에이! 사키도 참, 그렇게 말하지 마!"

가벼운 농담으로 마아야가 주변을 웃겨준다. 이 배려가 나에게 없는 부분이지.

나는 어제 만난 쿠도 준교수의 말을 떠올렸다.

오늘 모인 건 여섯 명. 마아야와 나를 포함해서 여자가 네 명, 남자가 두 명. 공부 모임을 제안한 신죠 군을 포함해서 그들을 보았다.

그들에 대해서도 제대로 알아가야겠다고 생각했다.

입구를 지나 엘리베이터로 갔다. 건물의 크기에 비해 어째선지 좁은 엘리베이터는 고교생 여섯 명이 타면 아슬아슬해서, 남자애들 두 명이 양보해서 나눠 탔다.

공기가 빠지는 소리와 함께 엘리베이터 문이 열리고 우리는 내렸다.

마아야의 집 문에는 번호가 적인 플레이트 아래에,

WELCOME이라고 귀여운 서체로 적힌 목제 팻말이 걸려 있었다. 보안을 생각한 거겠지. 가족의 이름은커녕 성도 안 적혀 있었다.

집 안으로 들어갔다.

안내 받은 거실은 한 변이 4미터씩은 되어서, 다들 감탄의 소리를 냈다.

"넓다……."

"이 정도면 분명히 다 함께 공부할 수 있겠어."

"좋겠다."

"자, 마음에 드는 자리에 앉으시게나~."

마아야가 권해서, 우리는 여섯 명이 앉을 수 있는 커다란 테이블 주위에 자리를 확보했다.

우리를 자리에 앉힌 마아야는 부엌 쪽으로 갔다. 눈치챈 나는 가방을 두고 뒤를 따랐다.

"어라? 사키, 화장실은 이쪽 아니야."

"뭐래. 자, 그거 이리 줘."

나는 마아야가 들고 있던 1리터짜리 페트병 3개를 억지로 빼앗아 테이블로 옮겼다.

"아, 얘들아~, 얼른 받아줘! 사키 땡큐~."

말을 걸어준 것은, 마아야가 유미라고 부르는 여자애다. 서둘러서 일어선 것은 신죠 군.

코스터와 잔은 이미 테이블 위에 준비되어 있었다.

"잔의 물방울이 신경 쓰이는 사람은, 티슈를 쓰면 됩니다~."

"마아야, 됐으니까 일단 앉아. 다들 진정 못하잖아."

"사키도 참, 상냥하다니까~. 자. 손이 안 지저분해지는 스낵 과자 여기 있어."

"……공부 모임이지?"

"공부 모임이잖아? 그럼 과자는 필수야!"

"아무래도 마아야가 아는 공부 모임이랑 내가 아는 그건 의미가 다른 것 같아……."

다들 웃는다. 그렇지만, 웃을 일이 아니야. 얘는 진지하고 성실하게 말하는 것 같지만. 이대로 가면 단순히 다과회로 끝나 버릴 것 같다. 뭐, 내 목적으로서는 그래도 상관없을지도 모르지만— 이게 아니고.

"그래서 공부 모임 진행 말인데."

마아야가 말하고, 내가 물었다.

"뭐 하고 싶은 과목 있어?"

"나는 뭐든지 좋아."

"나라사카는 학년 상위니까."

"역시 우등생은 다르네~!"

"후후. 더 칭찬해주셔도 되거든~. 어쨌든, 농담은 제쳐두고, 각자 서투른 과목을 하는 게 어떨까?"

"서투른 과목? 어째서?"

"유미는 국어지?"

볼을 부풀린 유미가 귀엽다.

"이유는 간단해~. 사람이 이 정도나 모였으면 누군가는 어떤 과목에 자신 있을 거잖아? 그러니까 모르는 부분을 가르쳐줄 수 있어."

아아, 그렇구나. 나는 납득했다.

종종 있는 일인데, 특기 과목과 서투른 과목의 차이는 「정답을 알고 있는가 아닌가」가 아니라 「정답을 찾는 법을 아는가 모르는가」일 때가 있다.

설령 그때는 알 수 없어도, 특기인 장르라면 뭘 조사하면 좋을지 어떻게 생각하면 좋을지를 알 수 있다.

반대로 서투른 과목은, 사전을 찾는 것도 참고서에서 비슷한 문제를 찾는 것도 인터넷으로 조사하는 것도 잘 못한다.

그러면 그럴 때는 어떻게 하면 좋을까?

몇 개월 전의 나였다면 답할 수 없었을 거야.

하지만, 지금은 답할 수 있다.

다른 사람을 의지한다.

남의 어깨를 빌려서 올라가면 보다 멀리까지 볼 수 있다.

반 아이들과, 서로 가르쳐주면서 서투른 과목을 공부한다. ……이것 또한 나에게는 첫 경험이다.

아사무라 군에게는, ……오빠에게는, 배운 적이 있지만.

내 약점을 드러내고, 가르침을 청한다.

대신 다른 사람의 약점을 들어주고, 가르쳐줄 수 있으면 가르쳐 준다.

기브 앤 테이크. 나에게는 익숙한 원리인데, 내가 하지 못했던 일.

지금은 알 수 있다.

「의지한다」는 것은 스킬이다. 숙련되려면 훈련이 필요하다.

나는 남에게 의지하는 것을 싫어하며, 누가 나에게 의지하는 것을 싫어했다.

왜냐하면, 남이 무엇을 바라고 어떻게 하면 기뻐하는지를 몰랐으니까. 남의 마음을 엿볼 수가 없는 이상, 순순히 바라는 것을 말해주지 않으면 알 수가 없다. 짐작해달라는 것은 너무 자기중심적이다. 그렇게 생각했다.

요청이 있다면 말하면 된다. 하지 말기를 바라는 것이 있다면 그것도 말하면 된다. 솔직한 감정을 털어놓고 간격 조정을 해서 서로 파악하면 다들 행복하다.

그 생각은 아직도 나의 대부분을 점하고 있으며, 틀렸다고 생각하지도 않는다.

하지만—.

나는, 자신의 규칙을 위반하고 있다.

왜냐면, 가장 간격 조정을 해야 할 사람에게, 솔직한 감정을 드러내는 것을 못하고 있다.

나는 친아버지와 엄마를 떠올렸다.

회사에서 실패한 그 사람을 지탱하고자 엄마는 일을 시작한 것뿐인데, 성공하고 말았으니까 도리어 원한을 가지다니 너무 부조리하다. 그렇게 생각했다.

엄마를 슬프게 한 친아버지를 용서한 건 아니다.

다만, 지금이라면 아주 조금 이해할 수 있을지도 모른다.

그 사람은 엄마에게 약점을 드러내고 싶지 않았다. 의지하지 못했다. 그 사람과 엄마는 결코 기브 앤 테이크의 관계가 아니었다.

그에게는, 아내를 의지한다는 스킬이 없었던 거야.

나도 같은 게 아닐까?

현대국어가 서투르다고 고백할 수 있는 주제에.

이 가슴 속의 감정을 드러내지 못한다. 짐작하게 되면 난처하다는 이유를 들어서.

하지만, 정말로 그것뿐일까?

"……키, 사~키!"

"어?"

문득 고개를 들자, 마아야가 내 얼굴 옆에서 손바닥을 훌훌 흔들고 있었다.

"배 안 고파?"

그 말을 듣자마자 갑자기 공복을 느꼈다.

휴대전화의 시계를 보자, 11시 57분이었다.

"어, 벌써 점심이야?"

"응. 그래서, 어쩔까? 뭔가 시킬까? 아니면 만들까?"

마아야가 그렇게 말했지만, 아무래도 지금부터 6인분을 만드는 건 무리겠지. 그리고 수고가 너무 든다. 배달도 돈이 너무 들어.

"나, 편의점 가서 뭔가 사올게."

"응~. 그러면 다 같이 사러 갈까?"

"줄줄이 가면 가게에 폐가 되잖아. 먹고 싶은 거 말해주면 사올게."

"아무것도 안 하는 건 그렇잖아. 좋아, 그러면 나는 간단한 간식이라도 만들까!"

모두의 주문을 스마트폰에 메모하자, 꽤 양이 많아졌다. 특히 음료수. 평소에 식품이나 쌀을 사러 다니니까 다소 짐이 무거워도 신경 안 쓰지만.

"이 양이면 혼자서는 힘들겠다. 역시 나도 옮기는 거 도울게."

"아~. ……그럼, 부탁할게."

신죠 군이 짐꾼으로 자원해서, 나랑 신죠 군이 사러 가게 됐다.

남은 사람들은 마아야의 지휘로 간단한 간식을 만들며 기다리기로 했다.

편의점은 맨션 근처에 있었다.

큰 길 옆에 있고, 길 건너에 학생에게 인기 있는 이탈리안 체인점이 보였다.

그러고 보니 여기 오는 중간에 커다란 학원의 간판이 보였는데, 아사무라 군이 다니는 곳일 지도 모르겠다. 이 근처에서 유명한 학원은 한정적이니까, 적중해도 이상하지 않다.

……아차. 아사무라 군 생각만 너무 많이 하면 안 돼. 새로운 관계성을 검토하기로 정했으니까.

빨간색과 녹색의 간판이 눈에 띄는 편의점에서 나랑 신죠 군은, 빵과 주먹밥, 샌드위치 등을 적당히 샀다. 양이 줄어든 음료수도, 차를 포함하여 세 개 정도 사두기로 했다.

신죠 군은 내가 계산대의 지불을 기다리는 사이에, 자연스럽게 페트병이 들어 있는 무거운 쪽 봉지를 자기 앞으로 끌어당겨 재빨리 들었다.

"이쪽으로 조금 나눠도 돼."

"아아, 그럼 이걸 부탁해."

그렇게 말하며, 부피가 좀 크지만 가벼운 포테이토칩을 내가 가진 봉지에 넣었다.

이건 치사하다. 전부 가져가서 내가 할 일이 없어지는 것보다 치사해.

"이제 알겠네."

"응? 뭐가?"

미소를 짓는 신죠 군을 보고, 그가 인기가 있다는 이야기를 반 여자애들이 하고 있었다는 걸 떠올렸다. 어쩐지 납득이 된다고 생각했다. 참으로 신사적이야.

"들어줘서 고맙다고."

"아야세도 들고 있잖아?"

"그건 그렇지만."

내가 비뚤어진 건지. 무게를 떠넘기는 것보다 내가 받아들이는 게 마음이 편하니까, 그런 배려는 필요 없다고 생각하기도 하지만.

내 짐은 내가 들고 싶은 성격이니까.

그런데 편의점에서 나오자마자 주차장의 바닥 높이 차이 탓에 넘어질 뻔했으니 창피하다.

신죠 군이 어깨를 잡아준 덕에 넘어지지 않았다.

"아, 고마워."

"아니, 이 정도는 별거 아냐."

별거 맞는다고 생각했다. 양손에 무거운 봉지를 들고서, 넘어질 뻔한 여자애를 재빨리 지탱해 준 거니까.

"더 의지해줘도 되는데."

신죠 군이 조용히 말했지만, 나는 오히려 무거운 걸 들고서도 넘어지고 싶지 않았다. 그 정도 못하면 자립은 무리가 아닐까? 의심스런 마음이 솟아올랐다.

"아야세는 말이야."

생각에 잠겨 있던 나는, 이름을 부르는 소리에 고개를 들었다.

"아사무라랑 남매라며?"

그 말에 뜨끔했다.

"그거…… 벌써, 꽤 알려졌구나."

"글, 쎄. 사실 아사무라한테 들었어."

"어……?"

"요전 삼자면담 때, 어쩌다가 아사무라의 어머니가 그대로 아야세랑 같이 교실에 들어가는 걸 봤거든. 그래서 아사무라에게 물어봤지."

"아아…… 그랬, 었구나."

조금 안도했다.

설마 아사무라 군이, 자기가 스스로 남매라고 떠벌리고 다니는 사람이라고 생각하진 않았지만. 그런 경위였다면 어쩔 수 없었겠네.

내가 명백하게 말문이 막힌 걸 짐작했는지, 신죠 군이 화제를 바꾸었다.

"아야세는 말이야. 야무지잖아? 오빠가 아니라, 동생이 있는 건가 생각했었어."

"딱히. 야무진 것도 아냐."

나는, 도무지, 차분하고, 야무지다고 할 수 있는 인물이 아니다.

"그렇게 보이는데."

"너무 좋게 본 거야. 그보다도 신죠 군이 훨씬 야무지다고 생각해. 신죠 군이 오빠 같은 이미지인데."

"여동생이 한 명 있거든."

"그렇구나. ……사이, 좋아?"

"나름대로. 세간의 일반적인 남매 정도로는."

"무거운 짐을 들어준다거나?"

"어, 뭐. 그 정도는 하지."

"넘어지지 않게 손을 잡아주거나?"

"어렸을 때는."

조금이지만 놀리는 뉘앙스를 담아버렸다. 신죠 군 같은 오빠가 있다면 여동생도 자랑스러울 거라고, 흐뭇하게 생각했기 때문이다.

"여동생, 소중히 여기는구나. 아주 좋다고 생각해."

"오빠라면 보통이야."

자연스럽게 답한 말에, 나는 마음속으로 그렇지, 하고 새삼 생각했다.

오빠라면, 보통이다.

나를 위해 아사무라 군이 해주는 여러 가지 일 ─ 알바를 찾아주거나, 현대국어의 공부법을 함께 찾아주거나 ─도, 역시 여동생에 대한 오빠로서의 행동일까……?

또 생각하고 말았다.

다음으로 고개를 들었을 때 우리는 마아야의 맨션에 도착해 있었다.

공부 모임이 끝난 것은 저녁 6시가 되기 조금 전.

9월의 끝이니까 5시 반에는 해가 떨어진다. 아직 하늘에는 밝기가 남아 있지만, 이대로 금방 어두워질 테니까, 끝내기에는 좋은 시간이었다.

마아야의 동생들이 6시 넘어서 돌아온다는 연락도 있었으니까.

탈선도 많았지만, 공부도 꽤 진행된 것 같다. 적어도 나 자신에 관해서는 분명히 실감이 되는 뜻 있는 시간이었다.

맨션을 나서자 동쪽 하늘은 이미 밤의 색으로 가라앉았고, 반대쪽 하늘에 피 같은 색의 저녁놀이 아주 조금 남아 있었다.

역까지 바래다준다는 마아야를, 동생들 마중을 해주라면서 맨션에 남기고 우리는 그녀의 집을 나섰다.

줄줄이 다섯 명이 뭉쳐서 역까지 돌아갔다.

별것 없는 이야기를 하면서 같은 반 아이들과 걸어가는 것은 여름의 워터파크 이후 처음이다. 내가 그 상황을 즐기고 있는 것이 뜻밖이었다.

"아야세, 잠깐만."

누가 말을 걸어서 멈춰 섰다.

"신죠 군?"

"잠깐 괜찮을까?"

불러 세우는 태도에 나는 위화감을 느끼면서도 발길을 멈췄다.

모두와 약간 늦어지지만, 이 정도라면 금방 따라잡을 수 있을 거야.

"늦어지는데?"

"아니, 조금 할 말이 있어서."

"뭔데?"

"어, ……뭐라고 해야 하나, 그게, 말이야."

옆에 자연스럽게 멈춰 섰던 신죠 군이, 느릿한 걸음으로 다시 걷기 시작했다. 모두의 등을 놓치지 않도록 하면서도, 다가가지 않도록 하고 있어?

"무슨 일이야?"

"그게~. 아직 덥구나."

"올해는 늦더위가 기네. 매미 소리는 안 들리게 됐지만, 아직 낮에는 여름 같으니까."

그래도 계절은 천천히 바뀌고 있었다.

아침의 뉴스를 볼 때마다 나오던 열사병 경고에서 새빨갛던 일본열도가, 오늘 아침은 이제 대부분 노란색 이하였다.

길 옆에 피어 있던 해바라기는 완전히 말라 버렸고, 도로 끝에 보이는 주황색으로 물든 구름도 적란운이 아니라

가을의 고적운이었다.

켜지기 시작한 가로등의 빛이 더위보다도 마음에 대해 차분함을 내려주는, 그런 저녁의 길. 길고 길게 뒤로 뻗은 우리들의 그림자에 따라 잡힐 정도로 신죠 군이 걷는 속도가 떨어지고, 드디어 멈춰 버렸다.

어쩔 수 없이 나도 걸음을 멈췄다.

어느새 신죠 군은 고개를 돌려 나를 보고 있었다. 가만히 바라보자, 어째서일까? 마음이 조금 진정하지 못하고 있었다.

"좋아해."

그 말을 듣고, 놀라서 소리를 지를 뻔했지만, 간신히 그걸 삼켰다.

입 다물고 있는 나에게 불안한 눈빛을 보내는 신죠 군이, 다시 한번 확인하는 것처럼 말을 더했다.

"나, 아야세를 좋아해."

"엇, 그렇구나."

아, 이런.

이래서는, 대화가 안 이어져.

서로 입을 다물어 버렸다. 어색해.

"……그, 고마워. 그렇게 말해주니 싫은 기분은 안 들지만—."

말을 찾았다.

이거…… 그러니까, 고백이라는 거지?

어쩌지? 설마, 신죠 군이 나에게 그런 감정을 품고 있을 거라고 생각도 못했다.

뭐라고 하면서, 거절해야 하지…….

그렇게 생각하고서, 자신의 사고에 경악했다.

왜 나는, 처음부터, 「어떻게 거절할까」라고 생각하는 거지…….

신죠 군은 매력적이라는 평판의 남자고.

하루 정도 차분히 보니, 딱히 나쁜 사람이 아닌 것 같다는 것도 알았다.

같은 반 여자애들 중 몇 명이, 그를 대단히 좋게 보고 있다는 것도 알고 있다. 이성적으로 생각하면 OK해도 전혀 상관없는 상대일 텐데.

상냥하고, 배려할 줄 알고, 그의 여동생이라면 여동생이 참 기쁠 거라고.

나는, 아까 나를 불렀을 때의, 차분하지 못한 자신의 마음을 돌이켜 보았다.

분명히 예감은 있었다.

그 예감을 나는 모른 체 하고 있었다.

"미안해."

신죠 군에게 확실히 고개를 숙였다.

"나는 너를 그런 상대로 보지 못할 것 같아, 요……"

"하지만, 사귀고 있는 연인이 있는 것도 아니지?"

"어, 그건…… 그렇지만."

"그러면, 나랑 사귀어줘. 그러면 나를 그런 상대로 볼 수 있을 지도 모르잖아?"

그런…… 걸까?

"아니면, 고백하지 않았을 뿐이지 이미 좋아하는 사람이 있어?"

"없, 어."

"그래도 안 되는구나?"

"그래도 안 돼."

어째서일까. 하지만, 나는 이 사람을 좋아하게 되는 미래를 느낄 수가 없다. 좋은 사람이라는 건 알고 있는데. 분명 좋은 오빠일 거라고 생각하는데.

"역시 아사무라를—."

"엇…….."

"아니, 아무것도 아냐. ……알았어. 더 이상은 관둘게. 사이좋은 반 친구라는 위치는 확보해두고 싶거든."

"……신죠 군."

"그렇네. 그러면 아사무라랑 친하게 지내봐야겠어."

그 말에 나는 깜짝 놀랐다.

"어째서?"

여기서 아사무라 군이 나오는 거지?

"아야세는 오빠를 좋아하잖아?"

"그건……."

반사적으로 부정의 말이 안 나왔다.

내고 싶지 않은 자신이 있었다.

"아하하. 부정 안 하는구나. 나를 차는 건 빨랐는데."

"오빠로서, 니까."

"흐음. 뭐, 어떻게 좋아하는 건지는 제쳐두고. 아야세가 좋아하는 녀석이 어떤 녀석인지 알면, 나한테도 아직 찬스가 있을지도 모르니까."

신죠 군은 마치 농담처럼 그렇게 말했지만, 나는 그 논리를 잘 이해할 수 없었다.

고백 상대의 오빠처럼 행동해도, 오빠로서 호의를 받는 것뿐이지 않을까?

뭔가 논리가 이상한 것 같기도 하지만, 나쁜 사람은 아닌 것 같으니, 아사무라 군의 친구가 늘어난다면 그건 멋진 일일 거라고 나는 생각했다.

나랑 신죠 군을 부르는 소리가 들렸다.

같은 반 아이들이 발길을 멈추고 우리가 따라잡기를 기다려주었다.

저녁놀을 밤의 반구가 밀어내고 있었다.

밤의 장막이 내리면, 또 하루, 가을이 다가온다.

역에 도착했을 때는, 주변이 어둠에 잠겨서 완전히 밤이 되어 있었다.

맨션의 엘리베이터를 타기 직전에, 아사무라 군으로부터 LINE이 온 걸 깨달았다. 내용은 또 알바 뒤에 어디 들르니까 돌아오는 게 늦어진다는 것이었다.

또 요미우리 선배랑 같이 가는 건가 생각하자, 역시 가슴 속이 꾸물꾸물하다. 불량 소년 같으니. 내심 조금 야유하면서도, 어쩐지 안도하는 자신도 있었다.

얼굴이 뜨겁다.

오늘 밤은, 그의 얼굴을 안 보는 게 낫다.

『다른 매력적인 남자와 교류를 해보고서도, 자신의 감정에 변화가 없다면, 그때는 그 진짜 감정을 소중히 여기도록 해.』

쿠도 준교수의 말이 뇌리에 떠올랐다. 모든 진리를 아는 것 같은 그 사람의 말은 신기한 마력을 숨기고 있어서, 설령 도덕에 반하는 행위로 향하고 있더라도 등을 떠밀려 버릴 것 같았다.

쿨타임이 필요해. 아사무라 군과 눈을 마주치지 않고 하루 보내면, 냉정해질 수 있다.

하지만 내일이 되어서, 냉정해져도 결론이 바뀌지 않으면, 나는……

"저기……?"

"어, 앗. 죄송해요, 먼저 타세요!"

맨션의 다른 주민이 말을 걸어서, 나는 그제야 도착한 엘리베이터 앞에서 멍하니 서 있었다는 것을 자각했다.

의문스러운 표정으로 엘리베이터를 타고 위로 올라가는 사람에게 쓴웃음 지으며 손을 흔들어 배웅하면서, 나는 하아 한숨을 쉬었다.

—나, 정말로 중증이야.

●9월 28일 (월요일) 아사무라 유우타

에어컨이 내는 소리가 어제보다도 작다.

매일 조금씩 기온이 내려가고 있지만, 계절의 변화를 깨닫는 것은 언제나 「그날을 경계로」다.

그 월요일, 아버지는 평소처럼 상당히 빨리 집을 나섰다. 여전히 일이 쌓여 있는지, 아침도 안 먹고 출근을 했다. 아키코 씨도 아직 일터에서 돌아오지 않았고, 다시 말해서 그 시간에 집에 있는 것은 나와 아야세 양뿐이었다.

밥을 담으려던 나는 밥솥을 열고 무심코 소리를 냈다.

"우와, 맛있겠다."

피어오르는 달콤한 향. 하얀 쌀의 바다에 노란색 작은 섬이 여러 개 떠올라 있는 것이 눈에 들어왔다. 이 노란색의 작은 조각은 혹시……

"아, 오늘은 밤을 넣은 밥이야."

된장국을 데우고 있던 아야세 양이 돌아보며 말했다.

"밤……. 그렇구나. 벌써 계절이 그렇게 됐네."

이것 또한 아주 약간의 변화다.

그렇지만 그 변화가 조금씩 축적되어, 어느 때 문득 깨닫는다.

아아, 계절이 바뀌었구나.

"오늘은 같이 밥을 먹고 싶어서. 괜찮아?"

"물론이지."

요즘 들어서 피하는 게 아닌가 싶었으니까, 아야세 양의 말에 나는 놀랐다. 그렇지만 나도 같은 마음이었으니까 이건 마침 잘된 일이었다.

할 얘기도 있으니까.

우리는 오랜만에 단 둘이 아침 식사 준비를 마치고, 잘 먹겠습니다 인사를 했다.

"그러고 보니 덤으로 밤이랑 같이 은행이랑 표고버섯도 사봤어."

"은행이랑 표고버섯? ……혹시 차완무시#3를 만들려고?"

"정답. 아침에는 바쁘니까 찔 시간이 없지만, 저녁에 만들어볼까 해서."

"기대되는걸."

그런 사소한 이야기로 시작하여, 우리는 지난 1개월 정도 줄어들었던 대화를 메우는 것처럼 어느 쪽이 먼저랄 것 없이 근황을 나누었다.

"그러고 보니 점심, 누군가랑 같이 먹는다고 했었지."

"아아. 학원 근처에 있던 이탈리안 레스토랑에서 먹었어. 다들 말하는 것처럼 확실히 저렴하더라."

#3 차완무시 은행이나 표고버섯 등의 재료를 넣은 계란찜. 찻잔(차완) 같은 그릇에 1인분을 넣어 찌기(무시) 때문에 차완무시라고 불린다.

망설이면서도 나는 물어봤다.

"그러고 보니, 거기서 아야세 양을 본 것 같아. 길 너머에 있던 편의점에 뭐 사러 왔었어?"

"어?"

아야세 양의 눈이 동그래졌다.

"아, 분명히 길 너머에 이탈리안 패밀리 레스토랑이 있었어. 아, 거기 있었구나."

"역시 아야세 양 맞았구나. 비슷하다고 생각은 했어. 같은 반인 것 같은 사람이랑 같이 있었지."

"점심 사러 나갔을 때야. 마아야의 집에 모인 같은 반 애들 중 한 명인 신죠 군. 그, 여름 방학 때 워터파크에 같이 갔던 남자애."

이름을 듣고 생각났다.

삼자면담이 끝난 다음에 말을 걸었던 남자다. 테니스 라켓을 들고 있었지.

조금 마음이 꿈틀거렸다. 그럴 권리는 없는데, 제멋대로인 사람이다.

"점심이랑 음료수, 과자가 없어서. 집에서 먹을 거 만드는 사람이랑 사러 가는 사람으로, 각각 분담했어."

"아아, 그래서."

"응. 처음에는 나 혼자 가려고 했었는데, 신죠 군이 따라와 줘서 큰 도움이 됐어."

그렇구나. 어째서 거기 있었는지는 이해했다.

"나도 질문해도 돼?"

"물론."

"어제, 돌아오는 게 상당히 늦었지? 연락은 했지만, 구체적으로 어디 갔었어?"

아야세 양치고는 보기 드물게 파고드네.

"알바 끝난 뒤에, 조금 시부야 거리를 걸어 다녔어."

"걸어 다녔어? 어. 요미우리 씨랑?"

"아니, 다른 사람. 점심 먹을 약속을 했다고 했잖아. 그 사람이랑 같이."

"잠깐만."

무심코 나는 입을 닫았다.

"혹시 그 사람, 여자야?"

"어……."

그걸 묻나?

"응. 뭐, 그런데."

"흐응~. ……그렇구나. 그래서?"

어째선지 조금 화난 것 같다. 하지만 그것도 내가 편의적으로 해석하는 걸지도 몰라.

그런 생각을 하고, 그리고 나는 새삼 생각했다.

『나는 당신에게 아무것도 기대하지 않을 거니까, 당신도 나에게 아무것도 기대하지 말아줬으면 해.』

그때, 가늠하던 아야세 양의 표정의 의미.

그녀는 정말로 아무것도 기대하지 않았던 걸까?

그리고 그 말은 나 자신에게 돌아온다.

나는— 아야세 양에게 기대를 하고 있다. 나한테만 특별한 감정을 품어주기를 말이다.

"그래서, 여러모로 생각할 계기가 됐어."

이번에는 후지나미 양의 말이 뇌리를 스쳤다.

『당신도, 그 연애 감정이란 것에 거짓말을 안 하는 게 좋다고 생각해요. 거짓말은 어차피 계속되지 못하니까.』

숨긴 감정은 마음속 깊은 곳에서 성장하기만 하고 사라지지 않는다.

그래서—

"간격 조정을 하고 싶어."

나는 확실하게 아야세 양에게 말했다.

"간격 조정이라니, 어떤 거?"

"나는, 아야세 양한테…… 너한테, 뭐라고 해야 할까. 그게, 특별한 감정을 가져버린 것 같아."

말을 한 순간, 후회가 가슴을 치고 지나가지 않았다면 거짓말이다. 그렇지만 한 말은 이미 없었던 걸로 할 수 없다.

각오를 했어도 후회 또한 사라지는 게 아니다.

그래도, 말이 전달된 순간 아야세 양의 표정은 극적이었다.

"어…… 어? 그러니까, 그게…… 거짓말."

"거짓말 아냐."

"……농담?"

"이런 질 나쁜 농담 안 해."

"그렇지. 그렇……겠지. 아사무라 군은, 그런 말을 하는 사람이 아니니까."

아.

"지금, 아사무라라고."

"어, 아."

"아아, 아냐. 지금은 그런 게 아니고."

"그렇, 겠지. 그래서, 저기…… 감정이라는 건."

"좋아한다, 고 생각해."

아야세 양이 숨 막히는 표정을 지었다. 입술이 웃음 같은 것을 만들려다가, 꾹 힘이 들어갔다.

"그건 남자로서 여성에 대한 감정이란 의미야? 아니면 오빠로서?"

설마 고백에 의문으로 답할 줄은 몰랐다.

"어?"

"닿고 싶다거나, 끌어안고 싶다거나, 다른 이성이랑 같이 있는 걸 보면 질투가 나 버린다거나. 그런 종류의 감정?"

나는 고개를 끄덕였다.

그야말로 그런 감정이었으니까.

왜냐면, 나는 그 여름에 느끼고 말았다. 아, 좋아한다, 라고. 그런 감정을 여동생에게 품을 것 같지는 않았다.

그리고 어제, 아야세 양이 다른 남자와 함께 있는 모습을 보고, 싫은 감정을 품었다. 그건 질투 말고 아무것도 아닐 거야.

그래서, 여동생으로서가 아니라, 여성으로서라고 생각했다.

나는 솔직하게 말했다.

"하지만, 그런 감정은 남매 사이에서도 있을 수 있잖아."

나는 이번에야말로 정말 어안이 벙벙해졌다.

그렇지만, 동시에 떠올리고 말았다. 삼자면담에서 아야세 양의 어머니 아키코 씨를. 내 말에 감격한 아키코 씨가, 나를 끌어안으며 기뻐한 것을. 혹시, 아야세 가문에서는 그게 보통인가?

"아니아니아니. 기다려, 아야세 양."

"나도 최근 들은 이야기인데……. 갑자기 이성과 동거하게 됐을 때, 그때까지 이성에 대한 승인에 굶주려 있던 사람은, 이성과 접할 기회가 늘어나서 연애 감정에 가까운 걸 품기 쉬워진다고."

아야세 양이 한 말을 생각했다.

다시 말해서, 내가 어머니와 만족스럽게 살지 못했으니

까, 여성과 동거하면 연애 감정에 가까운 것을 무의식적으로 품어 버린다, 라는 건가?

"아니, 그래도…… 그건 그런 일도 있다는 이야기잖아?"

"없다고, 잘라 말할 수 없으니까."

"그건 그렇지만."

"여동생에 대한 감정이 약간 강하게 드러난 것뿐일, 가능성은?"

그럴 리 없다. 없겠, 지?

"하지만…….

아야세 양이 말하자, 방금 전까지 느끼고 있던 확신이 신기루처럼 흐려진다.

"그렇다면…… 나 자신도 확신이 없어."

이런 감정에 관해서 자신이 둔하다는 것은 자신이 있었다. 자신이 없는 것에 자신이 있다는 것도 한심하지만.

아야세 양은 무표정해졌다. 눈길을 돌렸다.

그 다음엔 대화다운 대화가 사라지고, 어색한 분위기 속에서 우리는 아침 식사를 계속했다.

나는 지난 1개월간, 자신의 감정에서 눈길을 돌리고 있었다. 왜냐면, 나는 아야세 양의 오빠……니까. 다른 이성과 대화도 해보고, 좋은 모습을 보기도 했지만. 아무래도 아야세 양에 대한 감정은 특별하다고 결론지었다.

그런데…….

내 이 감정이 오빠로서의 것일지도 모른다고?

아침 식사를 다 먹은 아야세 양은 식기를 정리하고, 평소처럼 얼른 학교에 가 버린다.

나는 반사적으로 따라갔다.

이대로는, 지난 1개월의 반복이 다시 시작되어 버릴 것 같아서.

현관에서 신발을 신고 있던 아야세 양을 따라갔다.

신발을 신은 아야세 양은, 일어선 채 움직임을 멈추었다.

"아야세 양."

"있잖아."

등을 돌린 채 아야세 양이 말했다.

"싫지 않아."

어?

그건, 어떤 의미인지 물어보려 했다.

그렇지만 그 전에 아야세 양은 빙글 돌아서서, 방금 신은 신발을 난폭하게 벗고 내 손을 잡더니, 가는 팔에서 나온 거라고 믿기 어려운 힘으로 끌어당겼다.

아야세 양치고는 보기 드물게 강압적인 동작에 놀란 채, 이끌려 간 곳은 그녀의 방이었다.

문을 닫고 안에서 잠그더니, 커튼도 닫힌 것을 일별해서 확인하고, 그녀는 다시 나를 돌아보더니—.

"어?"

시간이, 멎었다.

무슨 일을 한 건지 금방 알았다. 그렇지만 머리로 처리하는데 조금 시간이 걸렸다.

따스하다.

그리고, 뭘까, 이거. 잘 표현할 수가 없는데, 물렁해진 머릿속에 간신히 떠오른 것은, 그거다. 웃어버릴 정도로 단순한 말.

행복을, 느낀다.

몸과 몸이 닿고, 겹치고, 체온이 서로에게 녹아드는 것 같다.

등에 돌아간 그녀의 팔이, 꼬옥 힘을 준다. 그 모습은, 나랑 그녀가 싫어했던 속박의 상징 같은 행위인데, 지금은 그저 서로를 바라는 것이 기뻐서, 내 팔도 자연스럽게 그녀의 몸을 끌어안으려 했다.

그러나, 그때에는 이미 아야세 양이 나에게서 떨어지는 참이었다.

"안심, 했어?"

"엇······."

"용기를 내줘서, 고마워. 아까 아사무라 군이 말해준 거, 혼자서 생각하던 거라면, 분명히 괴롭고······ 무거운 걸 품고 있었을 거야."

"그건…… 그럴, 지도."

"하지만, 안심해. 나도, 아마 그 짐을, 나눠서 질 수 있을 거야."

실제로, 기쁨보다 안도가 더 컸다.

모든 관계가 붕괴될지도 모르는 고백. 그렇잖아도 나에게 강한 매력 따위 없고, 실제로 그 신죠라는 남자가 더 인기가 있을 정도인데. 더욱이 가족관계라는 족쇄까지 있으니까.

고백한 순간에 모든 것을 잃는 길도, 있었을 것이다.

그렇기에 아야세 양의, 이 포옹은…….

면죄부 같았다.

"당신이 말하는, 그 감정이, 오빠로서의 것이라고 해도. 그것 말고 다른 것이라고 해도, 싫지 않아, 나는. 어느 쪽이든 기뻐."

"아야세 양도, 혹시……."

"모르겠어. 이 감정이 남매이기 때문인지, 아니면 다른 건지."

"아야세 양……."

"하지만 당신을 안심시키기 위해서, 이렇게 끌어안아주고 싶다는 마음은 정말이야. 내가 괴로울 때는 끌어안아주면 기쁠 거라고, 그렇게 생각해. 특별한 이름표를 달지 않고, 그저 마음을 말로 하면, 그렇게 돼."

"⋯⋯응."

나도 아마 마찬가지다, 라고 생각했다.

"간격 조정. 나는 엄마랑 새아버지를 난처하게 하기 싫어. 아사무라 군도, 그건 같지?"

"응. 아버지랑 아키코 씨는, 마음 편하게 행복해지면 좋겠어."

"이어서. 나는 아사무라 군이 다른 여자애랑 친하게 지내면 질투가 나고, 아마 안절부절못할 거야. 이건, 어때?"

"나도 같아. 속박하고 싶지 않다는 건 알지만, 요전의 공부 모임은, 조금 싫었어."

"알았어. 반대로, 방금 들은 여자애랑 시부야 산책한 거, 나는 조금 싫었어."

"미안."

"사과 안 해도 돼. 서로 다른 곳의 인간관계도 분명 있을 테니까. ⋯⋯그래서, 말이야. 이런 질투도, 연인이 아니라 남매라도 있을 수 있는 감정이라고 생각해."

"그럴, 지도 모르지."

점점, 그녀가 하고픈 말을 알 수 있었다.

"우리가 갑자기 연인이 되고 싶다고 하면, 분명 엄마랑 새아버지가 놀랄 거야. 그러니까, 평소에는 『아사무라 군』으로, 엄마랑 새아버지 앞에서는 『오빠』— 어디까지나 남매로서. ……아니."

아야세 양은 고개를 저었다.

"특별히 거리가 가까운 의붓 남매로서, 지내보는 건, 어떨……까?"

"아버지랑 아키코 씨한테는 숨기고?"

"……좋지 않은 일, 이겠지."

연애 감정을 품고서, 포옹을 하고. 부모님에게는 도저히 이런 모습을 보여줄 수 없다고 느끼는 시점에서, 올바르다고 생각할 리가 없었다.

그렇지만 올바름을 끝까지 추구하면, 나는 자신의 마음에 솔직해질 수 없다.

이 딜레마를 해소하려면, 올바르지 않다는 걸 알면서도 제멋대로 굴어야 한다.

"어떤 형태로든. 나는 이렇게 아야세 양이 받아준 것만 해도, 충분히 행복해."

"……나도."

남매의 연장이라는 변명을 내세울 수 있는 범위에서, 의붓 여동생과 비밀의 생활.

솔직히. 언제까지 계속할 수 있을지, 자신이 없다.

지금은 아직 포옹으로 만족할 수 있지만, 감정이 고조되어 버리면 대체 어디까지 해버릴지 스스로도 알 수 없었다.

맨션을 나서자 새로운 계절의 차가운 바람이 우리들의

얼굴을 때렸다.

　그러나 몸의 중심을 가득 채운 은근한 열 덕분에, 겨울옷으로 갈아입을 것도 없이 추위를 느끼지 않았다.

■ 작가 후기

　소설판 「의매생활」 제4권을 구입해주셔서 감사합니다. YouTube판의 원작 & 소설판 작가인 미카와 고스트입니다. 3권에서는 전체적으로 팽팽한 전개라서, 이번 4권에서는 비교적 달콤한 장면을 넉넉하게 전해드렸습니다. 두 사람의 행복한 생활을 보고 싶은 독자 여러분에게는 좋은 한 권이 되지 않았을까요? 이 다음, 남매라고 하기도 연인이라고 하기도 어려운 두 사람의 관계가 어떻게 변화하는지, 두 사람의 인생이 어떤 방향으로 나아가는지, 계속해서 지켜봐 주시면 좋겠습니다.

　또한, 한 가지 알림입니다. 본작은 『이 라이트노벨이 굉장하다! 2022』에서 신작 3위의 영예를 달성했습니다. 투표해주신 팬 여러분, 정말 감사합니다. 영예로운 상의 이름에 부끄럽지 않은 하이 퀄리티 작품을 만들어갈 테니, 앞으로도 응원을 부탁드립니다.

　감사 인사입니다.

　일러스트의 Hiten 님, 아야세 사키 역의 나카시마 유키 씨, 아사무라 유우타 역의 아마사키 코헤이 씨, 나라사카 마아야 역의 스즈키 아유 씨, 마루 토모카즈 역의 하마노 다이키 씨, 요미우리 시오리 역의 스즈키 미노리 씨, 동영 상판의 디렉터 오치아이 유우스케 씨를 비롯하여 YouTube판의 스탭 여러분, 그 외 출판에 관여하는 모든 여러분, 그리고 독자 여러분. 언제나 정말 감사합니다.

한정된 문자 수입니다만 한계까지 감사를 바치고 싶습니다. —이상, 미카와였습니다.

■ 역자 후기

날이면 날마다 돌아오는 불초 역자가 돌아왔습니다.

작중에서는 시간이 지나며 더위가 한풀 꺾이고 있습니다만, 역자가 작업하고 있는 시점에서 날씨는 그야말로 찜통입니다. 도저히 에어컨을 끌 수가 없어요. 그렇잖아도 집돌이인 역자는 햇빛을 쬐면 재가 되는 흡혈귀마냥 절대 집 밖으로 나가지 않으리라 마음먹고 있습니다. 이건 진짜로 죽을지도 몰라요. 나를 밖으로 끌어내고 싶으면 미소녀 의붓 여동생 정도는 데려와 보시지! 하하하하!

심지어 앞으로 더 더워질지도 모른다고 하니 사면초가입니다. 솔직히 고백해서 역자는 꽤 연식이 된 인류이기 때문에 어린 시절에는 에어컨 없이 여름을 나기도 했었습니다만, 최근 몇 년은 에어컨이 없으면 도저히 여름을 버틸 수가 없었을 것 같아요. 괜히 여름만 되면 위상이 쭉 오르는 위인이 있는 게 아닙니다. 고마워요, 윌리스 형.

에어컨 없던 시절에도 선풍기 앞에 달라붙어 있기는 했었죠. 어렸을 적 110V 선풍기를 220V 콘센트에 꽂았다가 선풍기를 한 번 태워먹은 적이 있습니다. 선풍기를 켜자마자 모터가 나면서 검은 연기가 푸와악 하고 나더군요. 급하게 콘센트 뽑고 환기를 시켜서 별 일은 없었습니다. 요즘엔 안 나오지만 예전엔 110V용 11자 플러그면서 프리볼트인 제품들도 종종 있었던 탓이죠.

　다만 에어컨 사용으로 전기세가 많이 나가는 게 좀 걱정입니다. 그러니 열심히 일을 해서 돈을 벌어야겠죠. 그러니 다음에도 또 봐요!

의매생활 4

초판 1쇄 발행 2023년 10월 10일

지은이_ Ghost Mikawa
일러스트_ Hiten
옮긴이_ 박경용

발행인_ 최원영
편집장_ 김승신
편집진행_ 권세라 · 최혁수 · 김경민 · 최정민
커버디자인_ 양우연
관리 · 영업_ 김민원

펴낸곳_ (주)디앤씨미디어
등록_ 2002년 4월 25일 제20-260호
주소_ 서울시 구로구 디지털로 26길 111 JnK디지털타워 503호
전화_ 02-333-2513(대표)
팩시밀리_ 02-333-2514
이메일_ lnovellove@naver.com
ㄴ노벨 공식 카페_ http://cafe.naver.com/lnovel11

GIMAISEIKATSU Vol.4
©Ghost Mikawa 2021
First published in Japan in 2021 by KADOKAWA CORPORATION, Tokyo.
Korean translation rights arranged with KADOKAWA CORPORATION, Tokyo.

ISBN 979-11-278-7173-4 04830
ISBN 979-11-278-6510-8 (세트)

값 8,500원

©Kyosuke Kamishiro, TakayaKi 2022
KADOKAWA CORPORATION

새 엄마가 데려온 딸이 전 여친이었다 1~8권

카미시로 쿄스케 지음 | 타카야Ki 일러스트 | 이승원 옮김

어느 중학교에서 어느 남녀가 연인 사이가 되고,
꽁냥꽁냥거리다, 사소한 일로 엇갈리더니,
두근거림보다 짜증을 느낄 때가 더 많아진 끝에…… 졸업을 계기로 헤어졌다.
그리고 고등학교 입학을 코앞에 둔 두 사람은―
이리도 미즈토와 아야이 유메는, 뜻밖의 형태로 재회한다.
"당연히 내가 오빠지.", "당연히 내가 누나 아냐?"
부모 재혼 상대의 딸이, 얼마 전에 헤어진 전 연인이었다?!
부모님을 배려한 두 사람은 「이성으로 여기며 의식하면 패배」라는
「남매 룰」을 만들지만―
목욕 직후의 대면에, 둘만의 등하교……
그 시절의 추억과 한 지붕 아래에 산다는 상황 속에서,
서로를 의식하고 마는데?!

친구 여동생이 나한테만 짜증나게 군다 1~9권

미카와 고스트 지음 | 토마리 일러스트 | 이승원 옮김

교우 관계 사절, 남녀 교제 거부, 친구라고는 진정으로 가치 있는 단 한 사람 뿐.
청춘의 모든 것을 「비효율」적이라 여기며 거절하는
나, 오오보시 아키테루의 방에 눌러앉아있는 녀석이 있다.
내 여동생도, 친구도 아니다.
짜증나고 성가신 후배이자 내 절친의 여동생인 코히나타 이로하다.
"선배~, 데이트해요! ⋯⋯라고 말할 줄 알았어요~?"
혈관에 에너지 음료가 흐르고 있는 듯한 이 녀석은
내 침대를 점거하고, 미인계로 나를 놀리는 등, 나한테 엄청 짜증나게 군다.
그런데 왜 다들 나를 부러워하는 거지?
알고 보니 이로하 녀석도 남들 앞에서는 밝고 청초한 우등생인 척하기 때문에
엄청 인기가 좋은 모양이다.
이봐⋯⋯ 너는 왜 나한테만 짜증나게 구는 거냐고.

끝내주는 짜증귀염 청춘 러브코미디, 스타트!!